IL PRIMO

DIO

EMANUEL CARNEVALI

© 2023 Culturea Editions

Texte et illustration de couverture : © domaine public
Edition : Culturea (Hérault, 34)
Contact : infos@culturea.fr
Retrouvez notre catalogue sur http://culturea.fr
Imprimé en Allemagne par Books on Demand
Design typographique : Derek Murphy
Layout : Reedsy (https://reedsy.com/)

Dépôt légal : janvier 2023
Tous droits réservés pour tous pays

ISBN : 9791041843794

I
IL BIANCO INIZIO

Ricordo una stanza bianca, con bianca luce di sole che filtra da alte finestre: in essa mia madre e una vecchia signora, una vecchia signora tutta bianca, stanno chine su di me. Potevo avere dai due ai tre anni. Tutto ciò a Firenze, che avevo lasciata quando avevo meno di un anno, lasciata per la campagna, in seguito a una tremenda broncopolmonite che mi portò quasi alla tomba. Questo povero essere, dalla testa grossa e dalle spalle strette, costò a sua madre molti guai e molti dolori. Per tenermi al mondo mi davano latte d'asina, mi pare, e il latte d'asina è assolutamente imbevibile. Non sono, però, molto pratico in materia. Penso che tutti i guai che ho causato si sarebbero potuti evitare, se fossi morto. E che liberazione sarebbe anche stata!

C'era un fossato, in cui le rane cantavano, la notte, le loro rauche canzoni e c'era una strada bianca dove, un giorno, caddi e sanguinai dal naso tanto abbondantemente, che mi spaventai a morte. C'era la casa di un contadino, con dei buchi al posto delle porte, dove viveva la mia vecchia bambinaia. Poi c'era una villa grande e piacevole, che mia madre e mia zia avevano preso in affitto. Il mio cuginetto se ne andava per le vigne, a prendere cicale e a mangiarle: ali, membrane e tutto. In questa grande villa, che era in campagna, mia madre e mia zia tenevano molti polli e galli e pulcini: il contadino che abitava vicino a noi mise il veleno dove andavano a bere, e restammo senza neanche un pollo. Una sera la domestica andò al pozzo a prendere l'acqua e, poiché improvvisamente da dentro la casa la richiamarono, mi diede da tenere la corda fino al suo ritorno. Capitò che il secchio fosse più pesante di me stesso e io ero così ligio alla consegna, che non mi sognai nemmeno di lasciare andare la fune. Ero già con i piedi sollevati da terra, quando tornò la domestica e mi salvò da una morte prematura.

Ero la bestiolina più docile del mondo, e senza mai protestare lasciavo che mio cugino mi picchiasse per ogni benché minimo motivo.

Una volta mia madre perse una spilla e le venne il sospetto che l'avessi presa io (non rubata, s'intende). Me la chiese. Improvvisamente mi alzai e con una vanga, o con un altro arnese del genere, cominciai a scavare in un angolo del giardino; dopo breve fatica trovai la spilla e la riportai a mia madre. Lettore, se non erro, anche questo episodio era 'Bianco'.

Ma più vivide di tutte mi sono rimaste in mente le avventure sessuali. Dormivo con Maria, una ragazzona di quindici anni, e talvolta lei prendeva la mia manina e... Un'altra volta, correndo dietro a una bambina e avendola presa, caddi su di lei e provai un momento di intenso piacere.

Vedo queste cose come se mi fossero ancora davanti agli occhi. Ma l'avventura con Maria non finì lì. Avevo quattro anni e già provavo piacere a quel giochetto, tanto che divenni magro e mia madre, che doveva aver subodorato qualcosa, finì col separarci.

Un'altra villa era triste e plumbea, a parte il glicine che cadeva dal muro del giardino. Contribuivano a renderla più pittoresca anche alcuni olivi che crescevano lì presso. Era tenebrosa, quella villa, come se fosse stata abitata da fantasmi, fantasmi di gente che aveva vissuto una vita tenebrosa. Frattanto il denaro delle due sorelle era giunto quasi alla fine, così andammo a vivere a Pistoia, una città piccola e senza vita. Poi un bel giorno lasciammo la Toscana per il Piemonte, precisamente per Biella, detta la Manchester italiana, terribilmente industriosa e variamente industriale. Durante il viaggio vidi il mare. Vidi il mare per la prima volta, per la prima volta sentii il sapore della salsedine. Vidi il mare che è tanta parte dell'Italia. Passammo sotto un numero infinito di gallerie, negli intervalli tra l'una e l'altra, c'era il mare, il mare pulsante, il mare di Ulisse e di Herman Melville, un mare scherzoso di tante piccole onde, e gli spruzzi che ci sputava in faccia, tutto nello spettacolo del mare, nel grande

spettacolo del mare, volubile mare che cambia vestito tante volte. Il mare di quel borghese di Conrad, e il mio proprio mare, fabbricato dalla mia immaginazione e dalla sua presenza. E, per ingenuo contrasto, alcuni pescatori sulla spiaggia, che stendevano o riparavano le reti, miseri tormentatori di un tale immenso padre. Ma era con una grande condiscendenza che il mare sorvegliava questi miseri tormentatori, salvo a diventare tutto a un tratto serio e terrificante.
Ci fermammo a dormire a Vercelli e il giorno dopo prendemmo il treno per Biella.

MIA MADRE

Mai una volta ho visto mia madre che non fosse ammalata. Era morfinomane: s'era assuefatta all'uso della droga terribile dopo aver laboriosamente partorito questo squallido campione, me.

Mio padre, che dovevo vedere soltanto all'età di undici anni, viveva separato da lei (questo era naturale e abbastanza comprensibile). Quando stavano insieme lui trovava qualsiasi pretesto per insultarla o picchiarla. Una volta la povera donna tentò di suicidarsi, buttandosi dalla finestra. Lui l'afferrò in tempo. Mio padre era ed è tutt'ora il più ignobile degli uomini.

La sua vita con lui era una sofferenza continua.

La morfina la teneva addormentata o semiaddormentata per tre quarti del giorno. Ma non era un sonno tranquillo.

Fu mia zia a parlarmi della feroce gelosia di mio padre. Una volta picchiò mia madre perché aveva i capelli spettinati dopo una mezza giornata passata a stirare. Un'altra volta la picchiò per strada con un bastone da passeggio, perché si era chinata ad allacciarsi una scarpa.

Madre, madre dolorosa, pensando a te dovrei piangere, ma il mio cuore è freddo e come una pietra. Madre, vorrei darti ora tutto l'affetto che la tua miseria chiedeva, ma sono troppo ammalato e troppo preso dalla mia malattia. In qualche luogo so che stai ancora soffrendo. Tu pensi alla bella giovinezza che hai sprecato vivendo accanto a un bruto. Io penso alla tua bocca senza vita.

Madre, ti chiamavano 'la Signora' nella piccola città del Piemonte in cui andammo a vivere e mia zia a lavorare per tutti noi. Doveva farlo perché mia madre era immobilizzata dai tremendi ascessi che le procuravano gli aghi non sterilizzati con cui si faceva le iniezioni.

Madre, non contano adesso le preghiere, né conta l'amore; né conta la purezza del mio cuore contro il tuo cuore imbianchito, il tuo cuore distrutto, il tuo cuore che più non esiste. Dovrei fermarmi accanto alla tua tomba, fiero dell'antica pena e terribile per l'omaggio che ti reco. Il tuo capo, nel piccolo cimitero di quella piccola città, poggia contro il muro. Oltre il muro uno spazio incolto, alti fili d'erba percorsi dal gemito di insetti d'ogni genere, grandi e piccoli. Ti vidi morta: eri bella con la faccia colore della terra. Davi un senso di tranquillità. Un dottore imbecille aveva diagnosticato il tuo caso un semplice raffreddore, mentre era tetano, e glielo dicesti tu che cos'era.

Non so se ho mai visto una bocca più bella di quella di mia madre. Era sinuosa, dalle labbra piene, e sensuale, larga ma bella, e anche la grande purezza della fronte ricordo bene. Dovete sapere che avevo solo nove anni, quando morì.

Madre, ti ricordi del bambino che non ti lasciava mai sola, che ti seguiva dappertutto, con un'insistenza che deve averti spesso esasperato. C'è un'atroce usanza in certe cittadine del Piemonte, per cui quando uno entra in agonia, le campane mandano per l'occasione uno speciale rintocco, così che spesso l'ammalato capisce che le campane suonano per lui, per annunciarne in anticipo la morte. Mia madre, che non poteva più parlare, mi accarezzò il capo e mi affidò a sua sorella. Poi fece un gesto, per indicare il suono delle campane e con il dito si toccò il petto per dire suonano per me.

Di me che cosa posso dirti, madre, se non che dai quindici anni in su ho sprecato in malattia una buona metà della mia vera vita. Che cosa posso dirti che debba darti un'idea delle sofferenze che ho patito? Oh, potessi, madre, appoggiare la mia guancia alla tua! Eppure tu mi battevi, mi battevi finché il sangue non mi usciva dalle narici e dalla bocca. Ma non ho niente da perdonarti.

Mater dolorosa, tu hai sofferto abbastanza per guadagnarti non uno, ma sei paradisi. Madre, se la terra si potesse spremere come un limone, ne verrebbe fuori dolore e dolore e dolore. È da tanto tempo che la terra è così avara con i suoi figli. Stringe al petto solo i morti, gli altri sono costretti a camminare, portando in un fardello tutte le loro pene, la loro rabbia e le loro inutili vite.

Mater dolorosa, tu appartieni al circolo dei sofferenti, grande quanto il mondo.

COSE DI POCO CONTO

Ch'io fossi quasi biondo quand'ero bambino, mentre adesso sono bruno, è cosa di poco conto. E lo è anche il fatto che, all'età di cinque o sei anni, pensassi che la prodezza più grande fosse dare della puttana a una donna. Quella parola aveva qualcosa di magico, di misterioso, di astruso, di profondo, di filosofico, di provocante. Con questa parola io battezzavo una donna.

Un'altra cosa di poco conto è che andavamo a caccia di cicale, in questo modo: prendevamo una lunga pertica, ne appoggiavamo un'estremità sul punto in cui si trovava la cicala e cominciavamo a tormentarla: la cicala, vedendo che il posto non era sicuro, si spostava sulla pertica. Allora noi abbassavamo con grande delicatezza la pertica e catturavamo finalmente il povero insetto.

Avevo due cugini, di cui parlerò più a lungo in seguito. Uno, il più piccolo, era il mangiatore di cicale e l'altro mangiava immondizie, procurandosi in tal modo colonie di vermi enormi nell'intestino. Davanti alla nostra casa, in un paese vicino a Pistoia, c'erano grosse buche sempre piene d'acqua; tutti e due i miei cugini vi caddero dentro. Furono tratti fuori da gente accorsa alle mie grida disperate. In quei giorni presi di nuovo la polmonite, ma non in forma così grave come la prima volta. La vita io non l'ho mai goduta molto, nemmeno quand'ero un bambinetto. Il dolore dev'essere la cosa più importante della mia vita. Come ho già detto, mia madre mi batteva spesso e terribilmente: ciò oscura un po' lo splendore dell'immagine materna che ho sempre in testa.

Una volta il più piccolo dei miei cugini, mangiando un pezzo di pane, restò all'improvviso senza fiato perché il pane gli era andato di traverso. Mia madre, sebbene semiaddormentata com'era sempre, vide quel che stava succedendo e, cacciato un dito in bocca al bambino, gli salvò la vita. Anche questa è una cosa di poco conto, piacevole da ricordare.

Mentre eravamo a Pistoia, ero diventato grande amico del figlio del nostro padrone di casa e insieme facevamo delle porcheriole: anche questa è una cosa di poco conto. Lo dico per certi americani affetti da supermoralismo che a una cosa del genere darebbero un gran peso.

A Pistoia c'erano a quel tempo i confratelli della Misericordia e questi stupidi mi spaventavano a morte ogni volta che li vedevo. Indossavano dei cappucci con due buchi per gli occhi, come, ai vecchi tempi, i grandi inquisitori di Spagna, e uscivano tutte le volte che c'era un morto da accompagnare al cimitero.

Una volta mia madre prese l'influenza e diventò pazza: tentò di farmi bere un bicchier d'acqua, in cui aveva messo una dozzina di aghi.

La mamma e la zia litigavano spesso. O meglio, chi litigava era la mamma, perché mia zia si limitava a piangere e a tenermi stretto, come se si aspettasse conforto da me. Mia madre era sempre ammalata e questi eccessi erano dunque molto frequenti.

IV
BIELLA E COSSATO

Come ho detto Biella è una piccola città industriale, con molti stabilimenti tessili. Mia zia aveva cercato lavoro e l'aveva trovato, come caporeparto in una delle grosse fabbriche del posto. La cittadina si snoda lungo il corso principale, via Indipendenza. Non lontano da Biella c'è il famoso santuario di Oropa, dove si può rimanere quindici giorni filati senza spendere un soldo per l'alloggio, ma si finisce con lo spendere lo stesso, perché il mangiare costa carissimo. Si vedono da lontano delle casette sui cui muri c'è scritto: Polenta e Latte. In realtà vi si mangia di tutto, dalla carne di vitello ai polli e a tutto il resto.

Biella vanta, se non erro, la prima funicolare d'Italia. C'è Biella alta e c'è Biella bassa. Fui alloggiato in un convitto per giovani e non posso dire che mi piacesse molto, giacché fui ammalato per quasi tutto il tempo che vi rimasi: ebbi la scarlattina e l'angina. Mia zia, che mi veniva a trovare, doveva voltare la faccia perché io non vedessi che piangeva in silenzio. Ciò mi fece una grande impressione e capii allora per la prima volta che mia zia mi voleva bene.

A Cossato, un paese del Piemonte, la vita scorreva più varia e più bella, se si eccettua il fatto che un lurido giovanotto ci iniziò a orge di tipo sessuale. Ma noi eravamo bambini e niente può contaminare la purezza che ogni bambino ha in sé. Giravamo per i campi distruggendo ciliegi e meli. Come piccoli vandali facevamo salire sugli alberi uno della banda e lui invece dei frutti gettava giù rami interi. I contadini si accorgevano di tutto, ma avevano più paura loro di noi che noi di loro.

Certe volte, quando avevamo un po' di soldi, compravamo dai contadini certe focaccine al formaggio che erano deliziose. Ma ciò accadeva di rado perché eravamo sempre completamente al verde.

Cossato era una bella cittadina in mezzo alla campagna, o un bel paese, se preferite chiamarlo così. I campi e le colline non erano lontanissimi. Giravamo per le colline in cerca di funghi, e spesso ne trovavamo molti. Ah, non c'è niente di più divertente che trovare un fungo nascosto tra l'erba e poi trovarne subito un altro lì vicino. Perché, si sa, vanno a coppie. Una volta vidi la mia cara zia camminare per i campi, proprio subito fuori di Cossato. La poverina era quasi graziosa, con una sottana bianca a fiori ricamati, e lo stesso per la camicetta. Raccoglieva fiori di campo, ma alcuni erano dipinti sul vestito. Non avevo mai visto mia zia così carina e allegra e piena di spirito. A rischio di sentirmi dare dello sfacciato glielo dissi... cioè le dissi che era carina. Non era vero, perché aveva pur sempre la testa piccola e la solita espressione dura. La passeggiata per raggiungere le colline è anch'essa bellissima. Ma ora hanno installato la funicolare per Oropa e con ogni probabilità le città hanno inquinato la campagna. Addio castagni di Cossato, se non ci siete più, addio funghi, violette e fragole, addio focaccine al formaggio, addio piccoli torrenti, addio boschi lungo i fiumi... Forse sarete tutti scomparsi, come tutte le cose belle, nessuna resiste, come dice il grande Carl.

Ho già scritto un racconto su mia zia e perciò troverò molto difficile scrivere questo capitolo.

Mia zia non era vivace, ma il suo volto colpiva per le fattezze decisamente curiose e nemmeno sgradevoli. Anche lei era stata, e lo fu fino alla morte, perseguitata dal dolore. Aveva due figli, figli di due padri diversi, nessuno dei quali era stato però suo marito. Li allevò come meglio poté, ma li picchiava troppo spesso. Li picchiava disperatamente, non per correggerli ma per sfogare su di loro la sua rabbia. Ora che è morta posso dire di lei molte cose che non avrei mai osato dire in sua presenza. Finalmente sposò un soldato molto più giovane di lei, da cui non ebbe figli. Quest'uomo prese la sifilide e lei lo curò continuamente e lo amò ancora di più a causa della malattia. Voglio dire che ebbe maggior cura di lui, perciò lo amò di più. Lui si stancò molto presto di lei e cominciò a mandarla all'inferno spesso e con cattiveria.

Mia zia gli aveva insegnato il francese e gli aveva dato una cultura generale, una specie di scuola privata. Lui non dimostrò mai nessuna gratitudine. Del resto, che posto può avere la gratitudine in un amore vecchio come un fior di semenza? Era molto più vecchia di lui, il guaio era tutto lì! Era anche brutta. Una volta, molto tempo prima di sposarsi, mi aveva detto di avere trentun anni. E, ahimè, la poverina non diventò mai più vecchia di così: aveva sempre trentun anni.

Picchiava i suoi bambini, ma li amava come una leonessa. Una volta il fiume di Cossato, lo Strona, inondò la campagna circostante e abbatté una delle arcate del ponte. Qualcuno disse a mia zia che i suoi bambini erano sul ponte, l'ultima volta che li avevano visti. Diventò frenetica e mostrò allora tutto il suo amore di leonessa. Alla fine uscì di senno e calò tanto di peso da sembrare uno scheletro. Quando dal convitto andavo a trovarla, mi spaventava, mi agghiacciava le vene e non potevo fare a meno di piangere. Lei mi stringeva tra le braccia e mi amava perché ero andato da lei, e mi amava perché ero lì, e mi amava perché avvertiva in me una certa dose di esperienza che non poteva trovare nei suoi figli ancora molto piccoli. Si confidava con me. Non vengo come un'anima in pena vicino alla tua tomba, zia. Se lo facessi, avrei paura di ridestare di nuovo la tempesta che è in te. Perché, per te, la morte dovrebbe essere un lungo silenzio. Ma io non credo che tu, da morta, non mi possa sentire, non mi possa vedere, non mi possa tenere d'occhio. E questo non è un concetto cattolico: perché io sono convinto che solamente certe persone belle mantengano integre le loro facoltà, anche da morte. Un'anima costa cara, non tutti possono permettersi di comprarla.

Dopo la morte di mia madre, rimasi con mia zia più di un anno, finché mio padre non mi prese in casa. Mia zia potrebbe tranquillamente rivendicare la responsabilità della mia educazione, dell'educazione della mia anima, voglio dire.

Non avevo miglior confidente, miglior compagno, nessuna persona più cara di lei. Ho l'impressione che fu lei a fare di me un poeta, anche in quei lontani giorni dell'infanzia e dell'adolescenza.

Orribile fu vederla morta. I suoi occhi erano spaventosamente aperti. Era terribile: pareva una pazza ribelle. C'erano terrore e furia nel suo volto. Un morto peggiore di così non l'ho mai visto. I suoi capelli sembravano erba cresciuta sul fondo di un fiume. Come se la corrente dell'acqua vi fosse passata sopra. La morte non le aveva certo recato alcun riposo, deve aver sofferto anche da morta, come mia madre. Ah, se la morte si accontentasse di prendere tutto di noi, senza anche distorcere le nostre miserabili facce.

I CUGINI

Mario e Giovanni erano i miei cuginetti. Erano due briganti diabolici. Anche senza contare il fatto che mi picchiavano benché io a loro non facessi niente, erano due diavoli. Si cacciavano sempre nei posti più pericolosi e facevano i giochi più spericolati, sfidavano Dio e i suoi angeli.

All'età di tre anni il maggiore era così terribile che tutte le bambinaie cui era affidato ne avevano un terrore superstizioso. Faceva loro degli scherzi tremendi e alla fine loro stesse dovevano ridere delle sue prodezze.

Dopo che io me ne andai in America, e per il tempo che ci rimasi, diventarono due figuri loschi e dissoluti. Ma la vita è stata dura con loro, li ha troppo maltrattati e loro, adesso, sono come i resti di una nave su uno scoglio in mezzo all'oceano. Non hanno né arte né parte, se si esclude quella precaria di giornalisti. Sono, ben s'intende, giornalisti della risma peggiore e più pericolosa.

Incostanti, irrequieti, senza pace, girano per l'Europa, litigando con chiunque gli dia un pezzo di pane, aspettandosi compensi enormi in cambio di servizi insignificanti: tali, i miei cugini.

Io ho sempre trovato più affetto in persone che non erano miei parenti. I miei migliori amici non furono mai i miei cugini. Eccetto forse Mario, il più giovane, per il quale ho sempre provato più affetto che non per l'altro. Ai miei giochi con gli amici i miei cugini prendevano parte assai raramente.

MIO PADRE

Mio padre è un uomo alto, alto quasi un metro e ottanta, che si porta in giro una faccia nera e nasconde un cuore nero. Io credo che sia ammalato (un altro ammalato, ahimè!). Non sarebbe così incoerente, così irrazionale, così noioso e irritante, se stesse bene.

Mi prese in casa che avevo undici anni. I primi mesi mi trattò molto bene. Mi dava una lira la settimana e, poiché spesso comperavo dei libri (libriccini, voglio dire), profetizzava che sarei diventato un poeta o una bestia del genere. Ora, se esiste un uomo che s'intenda di poesia meno di mio padre, io non lo conosco. Legge con tanta freddezza che quando lo sento temo per la salvezza della sua anima. Ci prendevamo gioco di lui, la sera, quando non era in casa. Era tutto contento di definirsi un gran cuoco e non si può dire che di cucina non se ne intendesse, ma delle arti questa era l'unica di cui sapesse qualcosa.

Quando mia madre morì, mio padre credette suo dovere di prendere in casa sua mio fratello e me. Era buono allora: forse per quella sua tendenza al romantico, che gli consentiva di pensare a me come a un povero orfano. Mi regalò una macchina fotografica, perché per le persone di una certa mentalità non c'è nulla di più compassionevole della vista di un orfano. Mi chiamava perfino Manolucchio, un soprannome inventato da lui che non mancava di una sua dolcezza.

Ma noi, in segreto, trovavamo da ridire su tutto quel che faceva. Lo chiamavamo Bissolati (come il deputato) e alle sue spalle facevamo il gesto della iettatura. Ma non potevamo amare nostro padre. Questa era la nostra grande tragedia. Qualcosa aveva decretato che nostro padre e noi due non dovessimo mai avvicinarci. Quanto a lui, in una tragedia del genere ci si crogiolava. Ci prosperava, persino.

Quando entrai in casa sua per la prima volta, fui stupito di trovare che mio padre si godeva la vita tra le braccia di due giovani maestre. Si era risposato e la sua seconda moglie era una donnina minuta, che vedeva soltanto attraverso i suoi occhi, che sentiva con i suoi sentimenti, e gli obbediva come un cagnolino. Era paziente e stupida. Parecchie volte pianse su quella mia macchinetta fotografica, mostrandomi una filza di numeri, per provarmi di aver dato sempre molto denaro per la mia famiglia e di non averne più.

Alla mia matrigna io piacevo più di mio fratello, perché una volta mio fratello l'aveva fatta piangere mentre io non avevo per lei che parole buone. Fu tutta colpa di un paio di calzini rossi che mio padre aveva smesso. Mio fratello li detestava perché in nessun modo sarebbe riuscito a evitare gli scherni dei compagni di scuola. Perciò un giorno lanciò in aria i disgraziati calzini e sfortuna volle che andassero a finire sull'asta che sorreggeva la tenda. La mia povera, piccola matrigna entrò, vide i calzini appesi lassù e cominciò a piangere. Piangeva ancora quando entrò mio padre al quale, dopo un lungo interrogatorio, rivelò la ragione del suo pianto. Mio fratello si prese una scarica di botte da ricordarsene per il resto dei suoi giorni.

Mio padre batteva spesso mio fratello, il figlio che mia madre gli aveva generato, fino a farlo sanguinare, e alle botte, con orrenda raffinatezza, aggiungeva insulti, frasi pittoresche, come un attore travolto dalla sua frenesia del recitare, in obbedienza alla sua natura sordidamente romantica. Una volta sputò in faccia a mio fratello, col risultato che il ragazzo fu preso da convulsioni. Una volta gli dissi che mio fratello aveva ingerito una dose di acido solforico. Mio padre chiamò il medico. L'acido solforico risultò essere acqua sporca, ma mio fratello disse al dottore che mio padre gli aveva sputato in faccia e io non ho mai visto un uomo più mortificato di mio padre a queste parole del figlio. Provò vergogna: un sentimento di cui non lo credevo capace.

Aveva un modo di ridere maligno: quando rideva mostrava i denti, il che gli dava l'aspetto di una bestia feroce. È la risata tipica dei romagnoli. Pareva che traesse quella risata da dentro di sé e la gettasse fuori. Era come un ghigno, ma un ghigno dura poco mentre la risata di mio padre continuava.

E quando si abbatteva su uno dei suoi bambini era come una serpe strisciante su una lastra bianca. Oh, come lo disprezzavo per questo, come detestavo che egli contaminasse quegli esserini!

Quando era lontano da casa, ci affidava alle cure di una vecchia zia, la sorella di mia nonna. Lei doveva dirgli se eravamo stati buoni o no. Noi non eravamo buoni e, quando mio padre tornava a casa, lo prendevamo d'assalto sulle scale, gridando: «Siamo stati cattivi, siamo stati cattivi!». La cosa era molto ridicola, ma mio padre non se ne accorgeva.

Se con la lira che mi dava settimanalmente io comperavo della frutta o qualche altra cosa buona da mangiare, lui mi rimproverava.

Nella sua mente o nel suo cuore non c'è mai stato e non c'è nessun tralcio verde che getti i suoi riccioli al vento. A pranzo non si scambiava mai una parola, a meno che mio padre non litigasse con mio fratello. Oh, quegli orribili pranzi tetri, quel malumore nudo, gli interminabili bolliti, le idiozie che diceva mio padre! (È così spaventoso che finisce con l'essere ridicolo. È così tirannico che non spaventa più nessuno). A Bologna correva voce che avesse licenziato uno dei suoi subalterni semplicemente perché il poveretto era riuscito a mandare in montagna la famiglia, durante l'estate. Piegava l'angolo del tovagliolo, ne faceva una specie di imbuto appuntito, e poi, a tavola, ci si puliva le orecchie; e ruttava ignominiosamente. Le barzellette che raccontava erano sordide (non riesco a immaginarlo che fa un discorso, eppure ne fece uno sui caduti in guerra che riscosse ampi consensi).

Quanto a mia nonna, ecco il suo ritratto: aveva piccole rughe sparse per tutta la faccia, tante, tante, tantissime rughe. E una vocina stridula con cui cantava la stessa vecchia canzone, sempre la stessa:

Funiculì, funiculà

Iamme, iamme

Era la canzone che celebrava la messa in opera della funicolare che sale al Vesuvio. Dice:

Iamme, iamme, in coppa va

funiculì, funiculà

Una canzone stupida, la più stupida di tutte. Casella ne fece una rapsodia, ed è brutta, come musica è proprio bruttissima.

Egghiuta Nannina, se n'è saliuta,

in coppa sta.

Finalmente un colpo liquidò la nonna. Era grassa, molto grassa, ma distesa nella bara sembrava più magra. Era stata una donna energica, una donna robusta, piena di forza, ma la morte l'aveva trasformata in qualcos'altro.

Era una vecchia fastidiosa, stupida e volgare, e non le andava mai bene niente. Mi dispiaceva così poco della sua morte, che per farmi venire le lacrime agli occhi, mi sforzavo di tenere lo sguardo fisso su qualcosa. Mio fratello, che vide queste lacrime e che non pianse affatto, non poteva credere ai suoi occhi. Lui era stato il beniamino della nonna e io mi mostrai stupito della sua indifferenza. Ma mi meravigliai ancora di più, quando Augusto disse:

«Piangi davvero per la vecchia?».

Mio padre mi mise quasi subito in un altro collegio. L'amore e l'affetto andavano benissimo, ma i suoi figli, lui preferiva spedirli via.

Immagino un canto cavernoso che è il suo canto. Lo immagino camminare di notte in luoghi irti di pericoli, pallido di paura per le ombre della strada.

Immagino il modo in cui fa l'amore con sua moglie... dev'essere orrendamente ridicolo quando si dà da fare. Perché non conosce né mai ha conosciuto l'estasi. Anche le sue budella, sono sicuro che sono nere. Dev'essere nero dentro e fuori.

VIII
IL SECONDO COLLEGIO

Questa parte la chiamo 'rosa', perché, a confronto con quelle che verranno, è mite e lieve. Ma io le detestavo, eccome!, queste carceri dove i prigionieri compiono azioni terribilmente immorali. Ci ho passato tre anni.

Mio padre mi fece entrare quasi subito in una scuola di Bologna. Io ero, allora, un piccolo leone senza catene. Questo convitto nazionale aveva sede in un antico maestoso palazzo, con soffitti molto alti ed enormi finestre. Anche i corridoi e le logge erano gloriosamente alti; i bianchi dormitori imponenti nella loro semplicità. La città che fuori di lì si divertiva, a dispetto di noi poveri prigionieri, era una città simpatica.

Contribuì al formarsi della mia prima educazione ideale e spirituale un uomo che si occupava dei convittori. Mi imprestò I tre moschettieri che lessi in francese, capendoci più di quanto si possa immaginare. Era il primo romanzo che leggevo in francese, e lui me l'aveva dato perché è scritto in un francese molto facile. Ma subito dopo mi diede Eugénie Grandet e La dernière fée; lui stesso mi lesse le desolate, macabre, paurose poesie di Les fleurs du mal. Mi piaceva leggere. A casa avevo divorato quasi tutto quel che c'era da leggere: Nick Carter, Nat Pinkerton, Buffalo Bill, e certi terribili romanzi d'appendice, datimi da un mio vecchio zio il quale, con gran pazienza, aveva raccolto e rilegato una sessantina di queste pubblicazioni.

Questo maestro, De Fraja, fu il primo a occuparsi della mia educazione. Era un uomo minuto, con la testa schiacciata sui lati, che gli aveva procurato il soprannome di 'Valigetta' affibbiatogli dagli scolari irriverenti. Quanto alla sua condizione, era un meschinello, schiavo della professione, schiavo delle abitudini che la professione comportava, schiavo, perfino, della sua poca cultura di cui subito mi appropriai. Il nostro insegnante d'italiano era Adolfo Albertazzi, uno scrittore di novelle allora abbastanza noto. Era un uomo grasso, afflitto dalla gotta, che a malapena riusciva a muoversi sulla cattedra. Aveva due mustacchi che parevano due fette di polenta dura e fredda; era l'uomo più dolce e ingenuo di questo mondo, e noi approfittavamo della sua bontà. Eravamo un gruppo di tre: Mario, Marcello e io. Quando uno di noi dava segni di volersi mettere sulla retta via, gli altri due facevano di tutto per tirarlo indietro.

Dei miei compagni ricordo Purrini, che aveva due piedi sinistri, Gazzoni, che si vantava delle cose che avrebbe fatto una volta uscito di galera. (Lo ripeto, era una galera). Fontana, figlio di povera gente di campagna, che aveva un'intelligenza limpida e brillante e che io, più che amare, ammiravo; Robozi, un altro prigioniero, che aveva una voce alla Sullivan. (Era infelice, perché ogni volta che parlava era come se urlasse). Matteuzzi cantava orrendamente, e sempre stonato, ma non voleva che nessuno lo dicesse e nemmeno lo pensasse; Zorzi, benché avesse già due zeta nel cognome, riusciva ugualmente a trasformare in zeta molte altre consonanti. Quanto agli altri, il mio nemico capitale era uno di loro; aveva la faccia da scimmietta e m'infastidiva continuamente... il nome di questo individuo era, piuttosto ironicamente, Preziosi.

C'era anche Morten, un ragazzo d'origine tedesca, un gobbino, un tipo squallido. Ma è vero che l'aria del collegio rende tutti insensibili e lo stesso si dica delle pratiche oscene che fioriscono e crescono in quell'atmosfera di sporcizia, in quegli ambienti dai muri enormi, in quei lunghi dormitori, nelle grandi sale di studio, tra superiori pazzi e camerieri e cuochi più pazzi ancora. C'era anche il direttore, un uomo severo ma giusto, che cominciò a volermi bene, quando ebbe sentito ciò che De Fraja diceva di me.

Oh, le belle camminate per le colline bolognesi! Le lunghe passeggiate per le verdi strade di campagna profumate di gelsomini e di caprifogli, splendidamente vestite di fiori! La polvere, sollevata dai piedi, che ci entrava negli occhi. Quelle passeggiate ci erano di certo più utili delle ore trascorse in una stanza ammorbata dal fiato degli studenti. Tutto quello che imparavamo nelle aule l'avremmo fatalmente dimenticato, perché la scuola è un luogo dove si dimentica tutto ciò che si dovrebbe ricordare e si ricorda tutto ciò che si dovrebbe dimenticare.

Ricordo le lunghe passeggiate che ci riportavano a casa stanchi e affamati, ma ho completamente dimenticato come si fa una divisione di molte cifre. Sia maledetto quel vecchio collegio e gli anni passati a studiare tutte le assurdità che gli insegnanti ci facevano inghiottire. (I professori si portano addosso, come un doppio strato di lardo, la presunzione che gli viene dalla materia che insegnano). Sia maledetta la vecchia, affamata schiera di insegnanti sguinzagliatici addosso, messi alle nostre calcagna, senza un attimo di tregua, capaci soltanto di dirci che dovevamo essere religiosi (oh, sì, la loro religione!), tranquilli e buoni. Ma, poveri diavoli, era il loro pane e companatico, e spesso pane senza companatico. Siano maledette tutte le porcherie dei ragazzi del collegio, perché io ero tra i pochi che non ne commettevano, fetidi, luridi di un amore sterile e spaventoso.

Non sono mai stato portato per lo sport e non ho mai legato con quelli del calcio; non ho mai provato piacere a guardare un incontro di boxe, né una corsa ciclistica, per non parlare del golf o del baseball. C'è sempre qualcosa di brutale in un uomo che cerca di vincere a spese di un altro. C'è violenza in ogni gara, c'è in ogni incontro qualcosa di terribile. L'unico sport che amo è il nuoto; professionista non sono mai stato, ma potevo nuotare per un miglio e mezzo.

In ginnastica il più bravo era Pelloni. Era un bel pezzo d'uomo, alto e robusto. Suonava il trombone nella banda ed era uno dei ragazzi più simpatici di tutta la scuola, sempre pronto a ridere, a scherzare, per nulla permaloso né facile all'ira. Una volta andai a trovarlo nello studio, lo studio dei ragazzi più grandi, e all'interno, sul suo banco, intagliato con il temperino, vidi scritto: «Questo è l'ultimo anno, poi, che Dio voglia o no, tornerò a casa».

A quel tempo era ammalato; la malattia si trasformò in meningite e il povero ragazzo ne morì.

Vinsi una borsa di studio di cinque anni in uno dei migliori collegi nazionali, ma mio fratello non vinse quasi niente, sicché mio padre ci trattò allo stesso modo e ci rimproverò aspramente tutti e due. Mio fratello morì per le ferite ricevute in guerra e quando mio padre mi fece avere, in America, la notizia della sua morte, aggiunse che perdonava allo sventurato giovane tutti i dispiaceri che gli aveva procurato. Questo perdono mi ripugnò tanto, che non risposi mai a quella lettera. Benché sia morto, io conservo rancore contro mio fratello. Ero molto piccolo e minuto e lui godeva nel trovare modi sempre nuovi di picchiarmi. Quello che preferiva era di afferrarmi per i piedi e poi di lasciarmi improvvisamente cadere a terra. Del cumulo dei ricordi che lo riguardano, questo delle botte è il più vivo.

Però ci sono altre cose che ricordo di lui. Una volta s'innamorò di una maestra che insegnava in un paese vicino a Bologna. Ce ne andammo, un gruppetto di noi, verso questo paese per fare una serenata. Una serenata non si può farla da soli e mi ricordo che ci fu un pasticcio con le biciclette: dovevano essercene quattro e invece ce n'erano soltanto tre. Non conoscevamo la strada e svegliammo un contadino per chiedergliela. Lui si arrabbiò e ce ne disse di tutti i colori, ma alla fine ci mise sulla via giusta. La notte era fredda e nebbiosa e noi procedevamo in silenzio, seguendo quella strada infinita fino alla finestra della ragazza, parendoci ogni momento d'essere arrivati e non arrivando veramente mai. C'era soltanto un sentiero lungo il fosso e noi seguivamo quello, perché la strada era indicibilmente fangosa.

Quando alla fine arrivammo, mio fratello estrasse il violino dall'astuccio che pareva una cassa da morto. Appena ebbe cominciato a suonare, una corda dello strumento si ruppe con un clic, ma lui andò avanti lo stesso cantando coraggiosamente: «O Lola, che di latti hai la camisa...», perché il coraggio era l'unica cosa che gli era rimasta. Nessuna finestra s'illuminò o si aperse. La signorina era probabilmente addormentata, profondamente addormentata. Noi tutti eravamo nascosti vicino alla siepe, ma mio fratello se ne stava là, ben in vista, e così anche ora, mentre scrivo, lo vedo che nel silenzio assoluto della notte suona il suo violino rotto.

È venuto finalmente il momento di parlare del mio aspetto esteriore.

Prima di tutto la faccia: affilata, ostinata, talvolta molto dura, ma più spesso dolce. Le donne dicono che ho begli occhi, ma io non ho mai potuto crederci. Ho la fronte molto alta (una volta Oscar Wilde disse che la fronte alta è segno di stupidità; lui, naturalmente, aveva la fronte bassa). Le labbra sono belle, sensuali, stranamente sinuose. Una volta mi innamorai dei miei capelli, così soffici, senza onde, piacevolmente lisci, quasi neri (tutt'altra storia si potrebbe raccontare adesso, dei miei capelli che furono).

Sono un disordinato, un trascurato, un indolente; non so farmi il nodo alla cravatta e i miei pantaloni non hanno mai la piega, né la giacca la sua forma originale (parlo del tempo in cui stavo relativamente bene di salute). Le mie scarpe non sono mai lucidate, perché una lucidatura costa dieci centesimi e dieci centesimi sono denaro anche per un milionario, anzi soprattutto per un milionario.

Ogni volta che mi rado divento più bello, ma solo finché dura la rasatura. Mi piace la curva della mia mascella. È una curva dolce, ma sarebbe stato meglio se fosse stata quadrata e forte. Ho un po' l'aria trasognata e malinconica del poeta, ma il mio viso è spesso imbronciato, specialmente alla mattina quando mi sveglio – si addolcisce poi durante la giornata.

La mia faccia rivela voglia di esplodere e che l'esplosione avverrà presto. Rivela anche torpore, e non ho alcuna fretta di cambiarla. Nella mia faccia c'è tutta intera la lotta di idee, impressioni, sensazioni vecchie e superate. Chi ha detto che il volto è lo specchio dell'anima? Che catastrofe se questa frase venisse ripetuta spesso!

Oggi chiamare uno romantico vuol dire insultarlo a morte, ma che ci posso fare? La mia faccia è romantica al di là di ogni speranza. Quanto al testone che mi ritrovo, potrei dir così: se decapitassimo Kay Boyle la sua testa cadrebbe, ma ritornerebbe poi sul collo della proprietaria. È elastica. La mia invece, se cadesse, rimarrebbe dov'è caduta. I primi cristiani dicevano: «Ama il prossimo tuo come te stesso». Con me non funziona perché io mi detesto. Ho notato che i miei occhi hanno un taglio obliquo, alla cinese, che non è bello. Ho sempre avuto uno strano modo di camminare, che si è accentuato con gli anni e con l'aggravarsi della mia malattia. Piego la gamba destra all'altezza del ginocchio e faccio scattare i piedi in avanti, come se volessi gettarli via.

Parlando del mio aspetto interiore, debbo riconoscere che ho la caratteristica di perdonare agli altri, la qual cosa è molto pericolosa, come anche il fatto d'esser pronto ad ammettere qualsiasi cosa, a mio rischio e pericolo. Sì, credo che nessuna donna sia capace di ammettere le proprie colpe. (Perché ha timore della sua stessa debolezza: crede che a cedere ci rimette, forse perché non ha molto da perdere). Ammettere le proprie colpe è tipicamente cristiano e le donne sono assai raramente delle buone cristiane.

Mi arrabbio, quando penso alla voglia che hanno le donne di avere il voto. Da anni gli uomini fanno un mucchio di pasticci in questa dannata faccenda, e chi mi dice che in questa dannata faccenda le donne ne faranno di meno? Mi piacerebbe metter tutto quanto in mano alle donne e poi stare a vedere, dargli carta bianca. Le donne non potrebbero far molto peggio degli uomini, ma non c'è ragione di credere che possano fare molto meglio. Il Voto! Grazie tante! Lo potete avere tutto intero. Potete dormire sonni tranquilli, con la testa appoggiata su questa terribile piovra, il Voto.

Sì, questo è il mio aspetto interiore, chiamato così a ragion veduta. Qualcuno dei raggi emessi dal mio aspetto esteriore filtra dentro e macchia il mio io interiore. La mia mente non può essere bella, perché è bovina e grassa. Ho una grande riserva di bontà che alla lunga va marcendo. La mia bontà è realmente un potere. Significa che spesso lusingo gli altri.

Da quando mi sono ammalato la mia riserva di lacrime si è prosciugata e io non piango più. Ciò è terribile...

Il prato era pulito e fresco come un lago. Andavamo lì, la sera, a parlare. Facevamo l'amore. Eravamo tanti ragazzi e ragazze, tutti insieme. Amori di ragazzi sotto i dieci anni. Lei mi teneva la mano e mi parlava a bassa voce. Facevamo l'amore o credevamo di farlo, poiché l'amore è una cosa così delicata, che far l'amore o pensare di farlo son quasi la stessa cosa.

Ognuno aveva la sua fiamma. C'era la figlia di un famoso industriale. Mi teneva la mano e mi confessava sottovoce:

«Amo te e amo Riccardo e amo anche Beppe».

Ero contento della precedenza, ma solo fino a un certo punto, perché un dubbio, lieve come una pulce nell'orecchio, mi bisbigliava che lei, quando parlava con un altro dei suoi innamorati, dava la precedenza a lui.

Una sera, un mio amico, un ragazzo, mosso da non ricordo quale impulso, mi scoccò un bacio e lei, che aveva assistito alla scena, disse:

«Scommetto che non baceresti così bene nessuna di noi ragazze».

Con un filo di voce risposi che avrei potuto baciarla con lo stesso trasporto. Allora lei appoggiò la sua mano sottile sulla mia bocca e io gliela baciai, ma, oh, così timidamente, così delicatamente; pensai che sarei diventato un allocco di professione e quasi svenni.

È difficile dire quanto cara d'allora in poi mi divenne quella magica mano. Ero sommerso da un'ondata di passione, la passione di un decenne. Perché spesso in giovane età ci si innamora appassionatamente.

L'amore platonico è più vicino all'essenza dell'amore che non l'altro, quello dei sensi. Lo deduco dal fatto che è normale sentir dire qualcuno della propria fidanzata, che lui non pensa mai all'amore per lei, se non platonicamente. Per i giovanotti una ragazza che si dà è generalmente disprezzata e spesso è chiamata puttana e di una ragazza madre si dice lo stesso.

Isolda era un poema di grazia e di bellezza (com'è che adesso mi compare alla mente molto brutta, con un naso troppo largo e un viso troppo magro?). Era sottile, delicata. Era così ingenua, da credere che i vitellini venissero al mondo attraverso la bocca della madre.

Aprì il mio cuore e con le sue belle mani vi gettò dentro una manciata d'amore. La sensazione fu così dolce che non potei fare a meno di considerarla un grande amore. Per questo amore non osai mai formulare né un desiderio né una preghiera. Tutto ciò che era troppo umano lo rovinava: era un amore atterrito dal timore di interventi estranei.

Tu eri tutte le canzoni della primavera, gli uccelli cantavano per te e anche il mio cuore leggero ed esile cantava. Tu meriti memoria e io te la dono a piene mani. C'è un posticino per te nel mio cuore, dove tu vivi e soffri e parli e piangi. Tu sei lì, completamente, tremendamente, fatalmente.

Camminava come un pavone, ma c'era pietà per i poveri uomini nel suo dolce balbettio. La sua faccina era tutta in fiamme, mentre parlava di cose di cui, necessariamente, non sapeva nulla.

C'era anche un'altra ragazzina tra quelle del prato, che aveva molto più buon senso di Isolda. Era molto graziosa, era una bellezza moderna, romantica, mentre la bellezza di Isolda era di stampo antico, classico. Con questa ragazza i giovani parlavano di cose proibite. Ma lei non si faceva toccare. Tante donne sono così: spregiudicate a parole, ma oneste nei modi di fare.

Oh, quanti sogni ho perduto dietro a te e tu non li hai mai saputi! Quanti sogni, solitari e malinconici sogni, concepì il mio cuore informato e sterile! Li spingeva lungo la strada dei sogni la tua piccola mano bianca. Così piccino era il tuo cuore, un piccolo pugno soltanto, eppure quanto grande era l'amore che vi nascondevi!

Trascorsi alcuni anni dai giorni del prato, mi dissero che si era data a un genere di vita sciagurato. Era un fuoco, finché non si bruciò tutta. Perché c'è tra i giovanotti delle città (ma io mi vergogno a chiamare giovanotti questi sinistri individui) chi tende agguati a queste fanciulle ardenti. La città fa la posta a queste vittime: vittime della loro potente passionalità, vittime della loro stessa oscura sensualità.

Ma Isolda era la regina del prato, e quando andò via, esso, da verde, diventò giallo, squallido e desolato. Conoscevo il suo indirizzo di città sicché passavo e ripassavo davanti a casa sua, sperando almeno di vederla. Ma non successe mai. Portai con me il mio dolore.

Tutto lo splendore dell'erba appena tagliata perse per me la sua intensità. La cosa più difficile era il dormire, poi veniva il mangiare. L'amore comprende in sé ogni stato d'animo, ogni nuovo stato d'animo, ogni necessità e ogni passione. Keats disse una volta che non tutti gli uomini possono amare. Solo i migliori, oppure i poeti. Il nostro amore era aristocratico, distaccato, austero.

IL TERZO COLLEGIO

Mio padre mi mise di nuovo in prigione. Questa volta si trattava di uno dei primi collegi d'Italia, forse il migliore. Lui non avrebbe mai potuto mantenermici, se io non avessi vinto un premio, il che voleva dire vitto e alloggio gratis per il resto dei miei anni di scuola.

Il più bel collegio nella più bella città del mondo, perché era uno degli splendori di Venezia. Per me Venezia è la città più attraente del mondo. C'è in qualche altro posto un Canal Grande o un Palazzo Vendramin (ora è stato in parte distrutto dagli aerei austriaci), e i pizzi di pietra che adornano la famosa Ca' d'oro? E le calli veneziane, povere e meravigliosamente silenti! Venezia è un fiore di loto, sopra un filo d'acqua. Non c'è nulla in lei che non sia bello; tutto è risplendente, tutto parla degli antichi artisti che diedero il loro cuore palpitante per la creazione di questa ragazzina. C'è chi preferisce il frastuono di altre città al silenzio di Venezia. Ma il silenzio di Venezia ha qualcosa di magico. Essa è l'unica città silenziosa del mondo, il suo è un silenzio caldo, soffice, misterioso. Regina della laguna, se ne sta raccolta in un angolo, ma è pur sempre una regina. I suoi palazzi sono i suoi pizzi. È sempre pronta a sposarsi: ecco il perché dei pizzi.

Quanti sogni ci sono voluti per pensarti, Venezia? Sembra impossibile che ti abbiano fatto mani umane. Darei tutto ciò che è moderno per uno sguardo a Venezia; butterei via tutte le brutte cose moderne, per guardarti anche una volta sola.

Il Lido non mi entusiasma, perché il Lido è essenzialmente borghese. Benché Venezia sia talvolta scarmigliata, è pur sempre una puritana. Il Lido è la vostra novità: pensatelo in relazione a Venezia ed esso scomparirà, pieno di vergogna. Venezia scivola sulla laguna, così lieve, sempre, quasi eterea. Questo è il segreto di Venezia: il suo levitare su acque basse. L'unica cosa schifosa a Venezia è quando si deve chiudere un canale per ripulirlo. Il fango è quasi blu, tanto è nero! E l'odore è pestilenziale. Ma se il Canal Grande non è pulito, non lo erano nemmeno le mani di Michelangelo.

No, neppure Dante avrebbe potuto metterla all'Inferno, perché Venezia è tutta Paradiso. È tutta sacra e maestosa. È tutta fatta di pizzo. Sembra che galleggi sull'acqua, e da lontano sembra che i palazzi emergano dall'acqua. La gondola non appartiene ad altri che a un poeta. Forse si può trovare qualcosa di più veloce, ma nulla di più delizioso, nulla di così lieve, di così elegante, che scivoli con altrettanta grazia, con altrettanta tranquillità e magnificenza. Dicono che una gondola costi più di un'automobile e io sono il primo a crederlo.

In questa bella città c'è un convitto nazionale e mio padre mi mise lì.

Nel convitto mi innamorai di un ragazzo più giovane di me di un anno: un amore vero, fervido, appassionato, stupendo. Amavo quel ragazzo e lo assediavo con lettere su lettere. Lo tempestavo di lettere benché vivessimo nello stesso posto. Era un giovanetto bellissimo e ricambiò il mio amore, ma debolmente e senza entusiasmo.

Ero innamorato: il mondo intero cambiò aspetto. Vivevo in una specie di nebbia, di stupore, di trance. Il mio amore era purissimo. Lo amavo profondamente, con tutto l'amore che un povero cuore può offrire. Le mie lettere erano appassionate e, sullo sfondo dell'incantevole città, il mio amore diveniva sempre più grande. Lui, che era veneziano, sembrava non accorgersi della bellezza del Canal Grande. Il collegio Marco Foscarini di Venezia era una specie di istituto militare e il giorno della rivista, la prima domenica di giugno, eravamo tutti schierati in piazza San Marco, noi e i soldati. Del resto eravamo quelli che marciavano meglio. Ma, benché odiassi il posto, io mescolavo il mio amore per il Canal Grande a quello per Giovanni: lui e Venezia erano gli splendori della mia vita. Quando lo tenevo per mano, ero felice; quando gli camminavo a fianco, nell'ora di libertà, ero al settimo cielo. Quando ero libero di parlargli, ero imbarazzato, timido, vergognoso. In breve, la nostra era una normale relazione amorosa.

Io non ero una gran bellezza, ai tempi in cui stavo in quest'ultimo collegio, ma poi divenni, naturalmente, molto bello (fa eccezione il periodo attuale, in cui, secondo me, non c'è più alcuna bellezza nella mia persona. Eppure sono ancora bello, benché sia divenuto quasi calvo, perché certe donne mi trovano ancora attraente). Avevo una gran capigliatura liscia, che io insistevo a definire abietta. Mi giudicavo un essere umano meschino e ripugnante. Mi lavavo la faccia gialla con una gran quantità d'acqua di colonia. Durante tutto quel tempo pensavo di essere brutto da far paura. Me lo dicevano gli specchi, almeno io pensavo che me lo dicessero. Eppure, a giudicare dagli anni seguenti, non potevo essere così brutto e Giovanni mi assicurava che non lo ero del tutto.

Quando lasciai Venezia per Milano, passai una giornata a bighellonare per la città e lui venne con me. Non so quanti baci gli dessi, con il pretesto che stavo per lasciare Venezia per sempre. Lui li restituiva a fatica, quei baci sfortunati.

So da JeanChristophe che questi amori fra ragazzi sono frequenti e che sono spesso esperienze tra le più innocenti e pure. Io credo che diventino pure in forza della loro potenza, della loro intensità. Alla fine però i superiori si accorsero che c'era qualcosa tra me e Giovanni Genovali e fummo separati. Lui lo misero in una camerata e me in quella accanto. Furono i superiori del collegio a profanare il nostro amore e a perseguitarci per una cosa che loro non potevano capire. Noi due sapevamo delle orge, delle sconcezze, delle scelleratezze che ci circondavano e noi due, che eravamo innocenti, dovemmo pagare per i peccati degli altri.

Ma nella nuova camerata, Giovanni aveva a che fare con un uomo che i superiori giudicarono ancor più pericoloso di me e finirono per rimetterci insieme. Ma fu allora che scoppiò la tragedia. In una delle cosiddette marce strategiche, ci eravamo inoltrati di parecchie miglia nell'entroterra. Per tutto il tempo avevo notato che Giovanni si occupava più di quell'uomo corrotto, cui ho accennato, che di me e la gelosia si sollevò a ondate nella mia testa. Camminavo in una specie di nebbia gialla, senza parlare con nessuno, perché niente infastidisce di più, in quei momenti, dell'allegria spensierata degli altri e del loro chiasso! Ero chiuso in me stesso, doppiamente infelice perché incapace anche di piangere. Un povero straccio d'uomo. Desideravo morire, morire lì, subito. Ma ciò che veramente desideravo era che lui venisse da me e mi chiedesse perdono, oppure che venisse da me a fare per sempre la pace.

Giovanni mi venne sì vicino, ma solo per dirmi delle sciocchezze. Io ne ammisi a stento la presenza. Avevo preso l'abitudine di chiamarlo Nino, un nome che lui non poteva assolutamente soffrire. Sicché, dopo una o due parole pronunciate a voce alta, altissima, ci separammo in collera. Quella sera stessa egli mi fece pervenire una lettera, in cui mi diceva che non voleva avere più nulla a che fare con me. Io gli scrissi una, due, molte volte, cercando di mettere nelle mie lettere tutto il dolore che mi aveva causato. Ma le lettere rimasero senza risposta.

Allora fui preso dai primi sintomi d'isterismo. Una volta mi parve di udire un rumore acuto, sottile come un filo, un fischio lontano. Balzai dal tavolo su cui stavo studiando e il silenzio della sala fu rotto dai miei singhiozzi violenti. Un'altra volta ebbi una crisi di nervi per l'umiliazione d'essere stato messo con la faccia contro il muro.

Tutto questo sfociò nella mia espulsione dalla scuola. Fui espulso con molta delicatezza, ma resta il fatto che mi buttarono fuori. Furono spedite alcune lettere a mio padre e in una si dicevano le ragioni della mia espulsione. Il giorno in cui lasciai il convitto fu anche l'ultimo in cui Giovanni e io ci vedemmo. Stemmo insieme tutta la giornata e andammo a fare il bagno al Lido. Lì notai per la prima volta quanta gagliardia avessero infuso nel mio dolce amico tutti quegli anni di ginnastica, a scuola. Adesso era forte come un torello, aveva un ampio torace e braccia robuste. Un uomo così, lo intuivo, non era fatto per il mio affetto.

Dapprima mio padre si rifiutò di prendermi in casa, ma il prefetto, che era il suo superiore immediato, ricevette una lettera dal collegio e mio padre alla fine acconsentì. Nessuno può immaginare la rabbia, l'orrore, il disgusto con cui mi accolse. Mi vomitò addosso tutto il fiele che da anni gli rodeva il fegato. Tutto il mio essere si ribellò. Certo, non avevo mai visto un uomo così furente, com'era lui quel giorno; non avevo mai sentito nessuno rimproverare con tanta violenta bassezza.

I miei nervi per un pezzo furono in condizioni tali che rompevo tutto quel che toccavo. Ruppi il water closet, montandovi sopra per vedere come funzionava; ruppi le ampolle dell'olio e dell'aceto e molte altre cose. L'unico e acido commento di mio padre era: «I scienta tott». C'era tanta amarezza in quelle parole, e mi fecero un gran male.

Un giorno la donna di servizio mi assalì, dicendo: «Il preside della tua scuola ha telefonato a tuo padre...». Scappai subito di casa. Saltò fuori, più tardi, che a telefonare era stato il preside della scuola di mio fratello, ma quell'osservazione era bastata a colmare il calice. Me ne andai a casa di Mario e là, piangendo come uno sciocco, scrissi a mio padre una lettera, in cui gli dicevo che ero stufo, stufo marcio della sua casa, che piantavo per sempre la scuola e che volevo partire per l'America non appena possibile.

Quando rividi mio padre, disse che era d'accordo che andassi in America poiché, e queste furono le sue esatte parole, «a nemico che fugge ponti d'oro». Chiaro. Ero io il nemico di quella grossa bestia. Mi diede due lire per il vitto e l'alloggio e mi sarebbero state mandate ogni giorno. Le cose, invece, andarono così: i genitori di Mario volevano che io rimanessi in casa loro... ma sto anticipando.

Avevo concepito un grande affetto per la famiglia Pacini che mi ospitava, e in cui Mario, il miglior amico che abbia mai avuto, aveva la parte del figlio. Amavo sua madre piccola piccola e anche il suo piccolo papà: questi era così forte che, quando chiudeva i rubinetti dell'acqua o qualche altra cosa, per riaprirli, il resto della famiglia doveva poi riunire gli sforzi o servirsi di una chiave inglese. Era una carissima persona.

Avevano montato per me una specie di branda e io dormivo e mangiavo da loro. Così le due lire rimanevano intatte e ogni sera andavamo a teatro, in loggione, a vedere cose che a me, il lettore di Nick Carter, piacevano moltissimo. Il Grand Guignol era un teatro della peggior specie: atti unici in cui c'erano spesso più cadaveri che personaggi. L'attore era il peggiore che l'Italia abbia mai avuto. Per darvi un'idea, citerò un paio dei suoi drammi: Alla Morgue. Un uomo è sospettato d'aver ucciso una guardia. Lo portano alla Morgue e gli mettono accanto una bottiglia di presunto assenzio. Lui fa fuori l'intera bottiglia e poi, girandosi, vede per la prima volta disteso dentro una cassa il cadavere del gendarme, vestito da capo a piedi come quando lo aveva ucciso. Non solo l'uomo è terrorizzato da quella vista, ma gli pare anche che il cadavere si muova. Allora balza in piedi, gridando di essere pronto a mangiargli anche la lingua, così come gli aveva mangiato il cuore. Il commissario, udendo queste parole isteriche, si precipita nella stanza, gridando anche lui, lo accusa del delitto e lo mette agli arresti. Fine della storia. Il terribile esperimento. Un medico crede d'aver scoperto un metodo per richiamare in vita i morti. Prova il suo esperimento sulla figliola che è morta. Ma questa, non appena resuscitata, afferra alla gola il padre e non lo lascia più andare. Così il vecchio fa un'orribile fine. E così via, molte altre storie di questo genere, che a voi forse sembreranno noiose ma che per me erano una delizia.

Intanto cresceva la mia amicizia con Mario e andava prendendo una forma tutta particolare. La cosa che più ammiravo in lui erano i suoi muscoli, la sua forza fisica. In questo era proprio come suo padre. Era anche un po' poeta. Scriveva certe scempiaggini esotiche, così oscure e incomprensibili da sembrare un prodigio, una meraviglia. Ma lui rideva di cuore dei suoi sforzi ed era il primo a riconoscere che erano goffi. Ero un po' innamorato della sorella di Mario, ma è passato tanto tempo che non ne ricordo nemmeno il nome.

Studiava medicina ed era una studentessa molto brava. A quell'epoca, del resto, ero sempre pronto a innamorarmi di qualsiasi ragazza: se una di loro si voltava a guardarmi, ero matematicamente sicuro che fosse innamorata pazza di me. Ma io non ho osato avvicinare nessuna ragazza: in realtà ne avevo paura, di tutte. (Ricordo una compagna di scuola, di cui mi guadagnai la simpatia, difendendo D'Annunzio contro Manzoni. Di tutte le discussioni strane, questa fu certamente la più strana: nessuno di noi sapeva abbastanza dei due autori, nessuno di noi aveva una particolare ragione per difendere o accusare uno o l'altro dei due, e poi perché scegliere due esseri umani così diversi, come Manzoni e D'Annunzio? Erano agli antipodi e un confronto era impossibile).

Quegli ultimi giorni in Italia furono certo i migliori della mia vita. La cucina della signora Pacini era ottima e le sue mani erano dolcissime, si posavano sul mio volto alla mattina, per risvegliarmi. C'era un mistero nella vita del signor Pacini e non gli piaceva che glielo si ricordasse. Aveva fatto una grande invenzione che riguardava il telefono e ne teneva i disegni nel cassetto, e guai a chi avesse aperto la 'stanza proibita' di Barbablù.

Vivevo con loro e andavamo insieme a teatro tutte le sere, e mio padre e le sue due maestrine potevano andare all'inferno: di meglio non gli potevo augurare. Ma se fosse venuto a sapere come spendevo i soldi che mi dava, il cielo si sarebbe squarciato e tutte le sue cateratte si sarebbero rovesciate su di me! Non mi avrebbe picchiato (non mi picchiò mai, mi odiava troppo per picchiarmi), ma di parole certo non me ne avrebbe risparmiate. Mi avrebbe sepolto sotto una valanga di epiteti immondi.

Non ho mai rimpianto un sol giorno di quelli passati senza andare a scuola. C'era in me lo spirito della ribellione e quei giorni segnarono il mio risveglio a un'infinità di cose. Scoprii, per esempio, il Futurismo. Portavo una cravatta a fiocco, che era caratteristica sia degli anarchici sia dei futuristi, essendo i due movimenti stranamente collegati fra loro. Andavamo a San Luca, una specie di santuario, e una volta, sullo spiazzo, fuori dai portici, costruimmo con la neve un enorme fallo. Il vecchio Paderno udì le nostre voci irriverenti, le nostre canzoni, le nostre grida e i preti che passavano di là ci maledicevano e minacciavano di farci mettere in galera.

Bologna mi era diventata così cara che quando la lasciai piansi. Non piansi per gli amici che mi erano venuti a salutare alla stazione, ma salutai con grande reverenza, quasi con religione, le ultime case di Bologna.

Mi fermai a Milano, per salutare i miei cugini e insieme andammo a vedere una vecchia pochade di Hennequin e Weber. Trascorsi il resto della notte, fino alle quattro del mattino, su una panca della sala d'aspetto della stazione, sforzandomi inutilmente di prendere sonno. L'indomani ero a Genova, con la prospettiva di passarvi due giorni interi. Vidi ben poco di Genova, ma quel poco non mi piacque per niente. C'è qualcosa di terribilmente banale in questa città, che la gente si ostina a chiamare 'La Superba'.

Esiste, a Genova, una viuzza in cui si può comprare ogni sorta di torte, fatte di verdure, cotte in grandi padelle. Comperai e mangiai un mucchio di queste cose, con il risultato che appena salito a bordo ebbi un violentissimo attacco di mal di mare. Questo disturbo mi restò addosso per tutto il Mediterraneo, benché il mare fosse liscio come l'olio.

Così dissi addio all'Italia, quell'Italia cui ho dato così poco e dalla quale ho ricevuto ancor meno. (Ah, sì, qualcosa mi ha dato. Quand'ero ancora a scuola fui fatto membro di una società per la redenzione di Trento e Trieste. Raccolsi un po' di denaro, facendo nuovi adepti, e passai un bel Natale con i fondi di cui mi ero appropriato. Questo fu quasi tutto quello che mi diede. Nemmeno una fidanzata. Inoltre, sebbene ora non riesca a gustare più nulla, ci fu un tempo in cui io e mio fratello rubavamo bottiglie di lambrusco, che poi bevevamo a nostro agio, durante la notte in collegio. E, naturalmente, rubavamo le bottiglie migliori della cantina di nostro padre).

All'Italia dovevo la mia infanzia sconsolata. L'Italia non merita i miei ringraziamenti e io non la ringrazierò. (Ma devo, almeno, esserle grato della sua bellezza e dell'occasione che mi diede di studiare nella più bella delle sue città). Italia bella, abbracciata dal mare, adorna di Firenze, incoronata dalle Alpi, non un pezzetto della tua costa è meno che meraviglioso. Come amavo il bel mare italiano, anche quando esso è così antipatico come al Lido! (Avvilito dalla folla dei bagnanti come a Coney Island). Ecco una parabola del mare: Oh, mare, tu ti stendi calmo e sereno, pagina aperta dove a immensi caratteri è scritta la parola Pace; oppure batti la spiaggia con i pugni chiusi delle tue onde. Sei eternamente bello, o mare; mare della mia cara Italia, quando sei calmo le tue piccole onde corrono lungo la riva, come un sorriso e un sospiro. Quando lanci i tuoi cavalloni contro la spiaggia, questa è la tua terribile risata; è la tua bellezza incomparabile che corrode le rocce, le spoglia, le dilava. Tutte le più vecchie canzoni sono tue; in te sarebbe facile morire, perché basterebbe soltanto lasciarsi andare, senza combattere, e verrebbe la morte.

E nemmeno vivere sarebbe difficile in te, perché i naufragi sono rari adesso che l'uomo ti ha domato, ha domato la bestia inafferrabile, bella e selvaggia. Tu rintroni la notte, calpestando il sonno di chi non è abituato alla tua voce. Oppure sussurri il tuo amore alla spiaggia, che ti ascolta estasiata. Sei il nostro comune possesso e allo stesso tempo il più bello di tutti gli dèi. Dalla nave vedevo che il mare intorno a Genova era un blu scuro, e il cielo lo stesso.

Addio, ravioli di Milano, zampone di Modena, agnolotti di Torino, spaghetti alla napoletana, addio! Eppure non era di questi cibi che provavo nostalgia, lasciando l'Italia. Era l'essenza, la parte prelibata dell'Italia che stavo lasciando, forse per sempre. Ricordo che in America quando mi capitava di cantare per la strada una canzone italiana, mi mettevo a piangere come uno sciocco. Una canzone può a volte significare una nazione intera. Inoltre si può provare ancora più nostalgia per un paese in cui si è molto sofferto. La nostalgia, col tempo, diventa una specie di compenso per la sofferenza. C'è sempre un gran senso d'intimità con il paese in cui si è sofferto ed è di questa intimità soprattutto che si sente la mancanza, quando si è lontani.

Eppure debbo confessare che dapprima non sentii grande dolore o nostalgia, perché l'Italia per me voleva dire mio padre; voleva dire le botte che mi dava mio fratello e voleva dire la mia terribile nonna e la perdita di lei (perché 'perdita', allora?) che avevo così ben conosciuto.

IL GRANDE BALZO ITALIASTATI UNITI

Con un mare maestosamente calmo stetti male fino a Gibilterra. Come entrammo nell'Atlantico si presentò a salutarci un mare tempestoso. Allora, come per incanto, il mio mal di mare sparì. Cominciai a mangiare come un maiale, in piatti ai quali certi ingegnosi fermagli di legno impedivano di cadere dalla tavola.

Più lugubri di tutto erano i sibili delle sirene. Di notte erano terrificanti, come avessero qualcosa di umano nella voce. C'era un vecchio, spaventatissimo dalla tempesta e dalle sirene, che non faceva che dire:

«Padre Eterno, Eterno Padre carissimo, fammi la grazia della vita per questa notte e domani fa' di me quello che vuoi, carissimo Eterno Padre».

La mattina potevamo ammirare tutta la furia rabbiosa del mare. Le onde erano quelle che in italiano diciamo 'cavalloni', tanto erano compatte, larghe, maestose, grigioverdi. Sembravano tanto compatte, eppure si rompevano in milioni di brillanti, e la nave ci passava in mezzo inclinata, con un fianco quasi fuori dall'acqua. Il vento soffiava a tal punto, che camminare sull'altro fianco della nave era pericoloso. Le eliche erano quasi sempre fuori dall'acqua e facevano un rumore lugubre, di cattivo augurio.

La nave era una vecchia carcassa mezza marcia che aveva soltanto due classi, la seconda e la terza, e le onde pareva che ci fossero sempre addosso, che ci assaltassero, che non finissero mai. (Eppure siete servili, onde, perché non fate che riflettere il colore del cielo). Ma col mare non c'è da far giochi di parole: gli uomini colgono solo un barlume di quello che potrebbe voler dire. Non c'era più traccia dell'antico blu; e d'insultare il mare non c'è verso. Rifiuta perfino di dare titoli alla gente e questo è il massimo dei suoi poteri.

A bordo c'erano due genovesi anziani, marito e moglie, che mangiavano tanto, ma tanto, da far pensare che prima di allora non avessero mai mangiato abbastanza. C'erano anche tre ragazze che ridevano sempre, con grandi petti e facce rosse e piene, tremendamente cretine; c'era il vecchio, che, durante la tempesta, pregava il suo maledetto Dio e c'era un uomo che sembrava davvero un amico. Morea era un anarchico. Era un bell'uomo, sapeva cantare e suonare molto bene il bombardino. Sulla bocca aveva sempre una smorfia, che, però, non sembrava cattiva, non era un presagio di terribili avvenimenti.

C'era anche uno che si era improvvisato mio precettore ed era tutto ciò che può esserci di più fatuo, stupido e vigliacco: uno spaccamontagne, un tipico impiegato di banca o commesso di negozio che vestiva con eleganza e parlava sempre, strascicando le parole, delle donne che aveva conquistato, mi mostrava una cicatrice d'arma da fuoco, che aveva in una gamba o nella pancia, e mi parlava di donne che erano pazzamente innamorate di lui. Tale era il mio precettore, borghese fino al midollo, un fanfarone imbecille, disperatamente bugiardo quando si trovava con le spalle al muro, ficcanaso e pieno di boria. Aveva più paura di macchiarsi la cravatta che di beccarsi una sberla in faccia da Carnera. Non si poteva dire che non fosse ineccepibilmente vestito, e nemmeno avrebbe consentito che qualcuno lo dicesse. Ma basta con questo cretino. Lo seminammo per sempre non appena toccammo terra.

Durante la traversata mi feci un amico. Si chiamava Missio ed era un filosofo (a volte la sua lentezza mi irritava). Più di tutti gli piaceva Schopenhauer e, a bordo, leggeva Il mondo come volontà e come rappresentazione. (Su una nave la vita si svolge come tra piccole famiglie, gruppi di persone, unite solo dalla loro umanità e dalla comune destinazione). Era stato un impiegato dei servizi sociali nel Congo Belga e mi insegnò alcune parole del linguaggio di quei popoli: soka, malam, menemene. Avevano tutte un significato osceno (le prime parole che s'imparano di una lingua straniera son sempre oscenità e bestemmie. Perché le oscenità costituiscono una buona metà del vocabolario del popolo e la cosa che più gli interessa. La bestialità organizzata è sempre di gran lunga più comprensibile della bellezza organizzata). Missio aveva delle bellissime fotografie della vita dei popoli africani, della zona subumana che gli era stata affidata. I portatori indigeni lo chiamavano 'Pugno in bocca', perché quella era la punizione che infliggeva loro.

Missio era meraviglioso. Non stava mai fermo in quel suo corpo quasi troppo grande per lui. Era epigrammatico. Era enciclopedico. Era panteista. Era un filosofo, in tutto e per tutto. Non amava i grandi gesti. Gli piaceva stare con gli umili, i miti, i rassegnati, perché lui stesso era mite. Eppure sembrava un grosso mercante; aveva anche qualcosa del macellaio. Gli piacevano molto le ragazze e con loro si metteva in vista facendo trucchi o raccontando una storiella. Aveva un modo brusco di chinarsi quando passava vicino a una donna, con un gesto della mano, di lato, come se volesse alzarle la sottana. Questo faceva ridere tutti e lo stesso Missio ci si divertiva. La sua risata era passaporto e garanzia di totale libertà, dovunque andassimo. Era l'uomo più conciliante, generoso e allegro che avessi mai incontrato. (Anche la totale stupidità delle tre ragazze a bordo non impedì a Missio di far loro la corte).

Debbo ammettere che il mio precettore mi seccava molto meno, da che Missio lo teneva a bada. Cominciai a leggere un romanzo americano in inglese. Missio era perplesso, diceva che Huckleberry Finn non era inglese, e che nessuno poteva capirlo. Missio disse anche che l'inglese del mio amico Morea era pessimo, ma tant'è, allora io non potevo giudicare.

Talvolta imprecavo contro Missio, esasperato dalla spaventosa lentezza di ogni suo movimento e d'ogni sua parola. Ma lui continuava imperterrito con la solita lentezza, proprio come un vecchio filosofo. (Doveva andare in Canada a cercar lavoro con l'appoggio di una lettera per il sovraintendente delle ferrovie canadesi. Ma i canadesi non gli piacevano, non trovò lavoro e dopo tanto tribolare finì col fare lo spazzino. Quando lasciai l'Italia, mio padre mi disse che avevo l'aspetto di un disoccupato tedesco, impacciato com'ero in un suo vecchio vestito; disse che tutto quello che avrei potuto fare in America sarebbe stato spazzare le strade e in verità come profeta non sbagliò di molto. Dal Canada, Missio mi mandò l'ultimo suo dollaro, dicendo che avrebbe voluto venire a New York, dove avremmo potuto vivere insieme o morire insieme di fame. Ma il suo progetto non andò mai in porto).

L'aria era diventata terribilmente fredda e una mattina ci svegliammo e vedemmo per la prima volta l'inizio dell'America.

PARTE TERZA

NERO

XIV
NEW YORK

Una bella mattina, Missio e io fummo svegliati da un gran tramestio ai piani superiori. Ci vestimmo in fretta. Di sopra c'era New York! Le prime ad apparire furono le spiagge del Jersey, sparse tra colline, punteggiate di casette simili a giocattoli giapponesi. Dall'altro lato si poteva ammirare la Statua della Libertà, se si aveva lo stomaco per farlo.

Vennero a bordo un pilota e diversi funzionari, ma nemmeno i funzionari poterono impedirmi di guardare lo strano panorama. (Uno di loro pensò che fosse molto gentile chiedere a ciascun emigrante se fosse mai stato in prigione). Questa, dunque, era New York. Questa era la città di cui avevamo tanto sognato e questi erano i favolosi grattacieli. Provai una delle più grandi delusioni di tutta la mia vita infelice. Quei famosi grattacieli altro non erano che enormi scatole che si ergevano davanti a noi, oppure di lato, terribilmente futili, spaventosamente poco importanti, tanto comuni che si sarebbe potuto credere di averli già visti in un altro posto.

Questa era la New York a lungo sognata, questa terribile rete di scale di sicurezza. Questa non era la New York che avevamo tanto sognato, la città così cara alla fantasia, così accarezzata fra tutte le speranze che un uomo può concepire: questo sogno di chi non sogna, il rifugio di chi non ha casa, questa città impossibile. Il miserabile panorama che avevamo davanti agli occhi era quello di una delle più grandi città del mondo.

Naturalmente avevo torto a condannare New York prima ancora d'averla vista e prima di conoscere le miglia e miglia e miglia delle sue strade. Però quella deprimente impressione durò anche dopo che mi ero inoltrato nella città. A bordo eravamo stati invitati a visitare il negozio di un compagno di viaggio. Viveva in Mott Street, una delle vie consacrate al sudiciume e alla miseria. L'intera colonia italiana di Mott Street e di Mulberry Street, disse Oronzo Marginati, non valeva neppure il prezzo della carica di dinamite occorrente per farla saltare in aria.

La prima cosa che colpì i nostri occhi in questa terra di facile mistero (facile, perché prontamente risolto) fu il gabbiotto di un lustrascarpe. Pensando di aver bisogno di una lustratina, entrammo nel gabbiotto e subito sentimmo il padrone parlare al ragazzino nel più puro dialetto napoletano. Poi c'era la stazione della ferrovia sopraelevata, anche quella un piccolo gabbiotto, senza pretese.

Certamente il molo della 34th Street non è una cosa che possa dare un'idea di che cosa è New York, pensai. Ma dopo Mott Street, mentre ci camminavamo, mi venne in mente che quella non fosse una città, ma un gran villaggio. Mancavano l'aria, l'odore, il rumore, l'atmosfera di una metropoli. Anche il Flatiron Building ci deluse. Camminavamo, camminavamo e Missio procedeva terribilmente adagio, soddisfatto di sé, terribilmente adagio. Lui, il mio nuovo amico, mi era così caro, come se fosse stato un vecchio amico, anzi un buon vecchio amico, caro amico, ma io persi la pazienza e lo sgridai, senza alcun risultato, però.

Andammo a piedi fino alla 128th Street, dove abitava Morea. Il cattivo odore che ci accolse per le scale non era certo indice di ricchezza. Lui e i suoi fratelli ci accolsero bene, ma i suoi saluti furono un po' troppo cordiali. Era un falso amico, come poi si vedrà nel corso di questa storia.

Era il 5 aprile, quando mettemmo piede a Manhattan e il tempo dimostrò di essere matto almeno quanto la città. Verso le dieci nevicava, alle dodici splendeva il sole e alle cinque del pomeriggio pioveva. Missio ed io trovammo una camera per me in una pensione della 33rd Street. Dopo avermi sistemato, lui partì con un senso di tranquilla sicurezza per il Canada, diretto a Ottawa.

Così cominciò la mia vita nelle camere ammobiliate americane. La padrona era sorda come una campana, ma era italiana ed era anche la cuoca. C'era una cameriera, che, immancabilmente, mi chiedeva se volevo «awful pie». Io provai a scrivere quel che desideravo, ma, con mia grande sorpresa e indignazione, lei non capì mai un'acca.

Cercando lavoro, imparai a conoscere New York, ogni angolo, ogni buco, in lungo e in largo, dal Battery su fino alla 110th Street. Camminavo per le strade, spesso in preda a un odio frenetico e cantavo, a volte, una canzone italiana e mi fermavo a piangere. Camminai tanto, allora, che adesso conosco tutte le strade, dalla Third Street a Columbus Circle e di ogni strada mi si è radicato in mente un ricordo. Imparai a riconoscere la Fifth Avenue, una signora maestosa, elegante, superba, bella. Avevo sempre l'impressione che la folla che la invadeva si pulisse accuratamente le suole delle scarpe, prima d'osare di mettervi piede. Conobbi palmo a palmo Broadway, con le sue notti risplendenti e folli, Delancey Street, il trionfo dell'ebraismo, e la Fourth Avenue, tutta grigia e inutile, la Sixth Avenue, ricca di colore e congestionata dalla complessa vivacità del quartiere greco, dove al Bryant Park si poteva sempre trovare un pederasta in cerca di avventure. I greci sono di solito molto belli e le loro mogli molto brutte, forse questo spiega perché tanti di loro siano degli invertiti. Conobbi la 42nd Street con il suo Times Building, che rompe il limpido blu del cielo e i grandi canyons degli alti edifici intorno a Nassau Street e Broad Park Road, che ostenta i suoi abiti usati, i suoi negozi in cui si vendono libri di seconda mano, la sua vergognosa e orribile miseria; Broadway, così squallida nella prima parte, diviene, a mano a mano, sempre più elegante (ricordo che il numero 1000 era quello della Universal, alla quale cercai di vendere i miei soggetti cinematografici con tanta fatica... numero 1000 o 6000, non ricordo). La Bowery mi parve la più desolata strada di New York, tanto era vuota, disperata e morta; le mancava perfino l'ingannevole aspetto delle tante strade laterali, che vi affluiscono quasi a sostenerla. Qui non c'è compromesso per amore dell'apparenza: qui la povertà è sfacciata, se ne frega di tutto e di tutti, e avendo perso tutto non ha più, in compenso, nulla da perdere. Una nebbia oscura grava sempre sulla Bowery, un nome che certo richiama alla mente giorni più felici, più riposanti, quelli in cui Bowery significava 'luogo ombroso, fattoria'.

I tuoi freelunch counters, o New York, mi salvarono la vita. Andavo prendendo un pezzetto di carne qua e là, senza poi ordinare nemmeno una birra. La più bella istituzione del nuovo mondo era il freelunch counter, che ora non esiste più. La canzone orrenda di New York erano gli urli che i garzoni dei bar riservavano a quelli come me, che portavano la loro fame e la loro rabbia da una strada all'altra, camminando, camminando, fino a che ogni resistenza umana era praticamente estinta e qualcosa di sovrumano o di inumano prendeva il suo posto. La grande contraddizione di New York, la regina dell'aria con i suoi fantastici grattacieli, stava nel fatto che essa era anche una miserabile bagascia, con le sue case dalle piccole finestre. Certe vie erano come le autostrade del Paradiso, altre come i vicoli bui dell'Inferno. Il proibizionismo non serviva assolutamente a nulla, perché l'arsura a New York si trasformava in attività febbrile. Aveva bisogno di bere. New York, l'affamata, la poverissima, la più giovane città del mondo, è il reale avvento della gioventù.

Il LAVORO, questa miserabile faccenda, il LAVORO. Incubo dei perseguitati! Il LAVORO, questa povertà, questa angoscia, questa specie di nevrastenia, questa cosa che ti succhia il sangue! Il LAVORO, questa morte che ti divora a poco a poco, questa paura che ti afferra allo stomaco, questa donna tirannica che propaga il terrore, che divora il cuore stesso di un uomo!

Non passò molto che mi trasferii dalla 33rd alla 12th Street, dove avevo una stanza stretta come un corridoio, caldissima, senza finestre, nella quale stavo a letto mezzo nudo o completamente nudo. Ma talvolta entrava la padrona con qualcuno interessato alla stanza e allora io mi alzavo e mi nascondevo dietro la porta, finché il mio destino non fosse deciso. In quella stanza sarei morto di fame, se la padrona non mi avesse passato un pasto al giorno. Ma il padrone si stancò di aiutarmi e una bella sera mi disse che su quel pasto giornaliero era meglio che non contassi più. Piansi, disteso sul letto, in quella stanza bollente.

Avevo 55 centesimi e un'agenzia di collocamento voleva un dollaro, per trovarmi un posto da quattro dollari la settimana. Mi rivolsi a Morea: andai a piedi fino alla 128th Street, dove spesi cinque centesimi per una birra. Morea dormiva il sonno dell'ingiusto e quando gli chiesi un dollaro in prestito me lo rifiutò... Me ne andai e discesi gli scalini della prima fermata della metropolitana che trovai: mi aspettava una sorpresa: il bigliettaio respinse i miei cinquanta centesimi dicendo, e anche con voce minacciosa, che non erano buoni. Disperato, mi rimisi in cammino, per tornare alla mia lurida stanza. Aveva cominciato a piovere. Finalmente un'anima buona mi trovò un lavoro in un ristorante italiano, come aiutocameriere. Fu il primo lavoro della mia vita. Era un ristorante a prezzo fisso della 8th Street, vi lavoravo diciassette ore al giorno e ritornavo stanchissimo alla mia stanza per sognarvi piatti, piatti e ancora piatti. Lavoravo con tutto l'entusiasmo del neofita; ero allegrissimo e orgoglioso, perché lavoravo per la prima volta. Correvo come un matto da un piano all'altro. Facevo da garzone ai camerieri e il mio lavoro era quello di apparecchiare e sparecchiare i tavoli. I camerieri erano sei o sette e io dovevo aiutarli tutti.

Il lavoro era per me una gioia e insieme un terrore. Solo a pensarci stavo sveglio la notte. Per quattro giorni ero quasi morto di fame in quella stanza della 12th Street e il pensiero di perdere il lavoro mi portava alla disperazione. Mi buttai sul lavoro anima e corpo, sgobbando come un somaro e sognando, la notte, pile infinite di piatti. In quel tempo feci, per la prima volta, la conoscenza delle cimici. Sebbene l'Italia sia sporca, molto sporca, mai vi avevo visto le cimici, mentre ora interi battaglioni di cimici tormentavano le mie notti. New York è spietata con i miserabili.

Il mio lavoro era il mio delirio, il mio amore senza amore. I miei compagni erano una manica di implacabili idioti, una pidocchiosa schiera di crumiri. Erano pidocchiosi per lo sporco che il lavoro inevitabilmente produce. E poi la gente ha il coraggio di dire che il lavoro non sporca le mani! Invece nulla le sporca più del lavoro e nulla uccide di più la coscienza, che non può sopportare lo sporco. Quegli idioti si vantavano con me qualche volta d'essere riusciti a mantenere lo stesso lavoro per cinque, dieci anni e anche di più. Rabbrividivo nell'udirli: che bestialità, che cosa terribile! Avevano perfino proibito alle ragazze italiane di cantare mentre erano al lavoro. Avevano tentato di soffocare quel bel fuoco che ardeva nelle canzoni delle ragazze italiane. Il mio lavoro era la mia via crucis, la mia miseria, il mio odio. Eppure vivevo nel continuo terrore di perderlo, quello schifosissimo lavoro. Ecco dunque, il mio primo lavoro fu in un ristorante italiano a prezzo fisso, poteva intendersi come una specie di blando purgante per intellettuali borghesi. Fui licenziato nel giro di un mese.

MIO FRATELLO

Il mio secondo lavoro fu quello di garzone presso un droghiere. Guadagnavo due dollari la settimana e devo dire che me li guadagnavo sul serio. Fui licenziato dal padrone, un siciliano, perché avevo osato dirgli che ero più istruito di lui. Lavorai poi all'Hotel Seville e persi il posto, perché versai una boccetta d'inchiostro su una tovaglia preziosissima. Il mio quarto lavoro fu all'Hotel Bossert di Brooklyn. Fui licenziato, dopo che ebbi lasciato cadere un vassoio pieno di piatti sotto gli occhi del direttore. Il mio quinto lavoro fu in una non meglio identificata tavola calda e durò quindici giorni.

Trovai un altro lavoro al ristorante Thompson alla stazione centrale. Ci lavorai tutta una notte, dalle sette di sera alle sette di mattina. Mio compito era lavare il pavimento, e dovetti lavarlo per ben tre volte: un pavimento che non finiva mai. Ma mi diedero qualcosa da mangiare e quella era l'unica cosa che contava. In un altro posto mi appiopparono un dollaro di multa, perché mi colsero a mangiare un'aragosta. I giorni in cui non ero preso dal lavoro, ero preso dalla fame. Trascinavo questo mio povero corpo da un ristorante all'altro, non come cliente, ma come servitore: lo portavo in miseria da un hotel all'altro. A volte erano le poesie che mi consumavano i pensieri, muovendosi come un esercito di formiche nel mio cervello oppure divorandomi come tanti vermi. Perché questa preoccupazione per le parole, pensavo, se non c'è nessuno che le ascolti?

America, grande casa di lavoro coatto per uomini forti, quasi riuscisti a schiacciarmi, ma io, ogni tanto, mi rimettevo in piedi e riprendevo a combattere. Non sono mai stato forte abbastanza per farti una vera ferita. Tutti quei lavori erano per me come una vecchia sedia mezza sfondata su cui sedevo per un po' prima di andare avanti. Pareva che a spronarmi non ci fossero che fame e povertà e miseria, poiché io e la miseria ci accoppiavamo, come due cani agli angoli delle strade. Ma c'era qualche altra cosa. C'era sempre una piccola luce accesa, che mi guidava attraverso l'America, questo paese al buio. Sapevo di essere un poeta e covavo nel mio animo la voglia di scrivere. È chiaro che come me c'erano milioni d'uomini, milioni, e se questi milioni di persone avessero avuto una voce, sarebbe stata la voce di Dio, come la voce di quel povero italiano, che piangeva disperatamente per le strade di New York, ricordando le canzoni napoletane.

Una mattina ricevetti dall'Europa una cartolina in cui mi si avvisava che mio fratello era a New York e mi si dava il suo indirizzo.

Mi precipitai a quell'indirizzo e lo trovai. Oh, che giorno e che notte furono quelli! Noi, con alle spalle questa nuova città, ci sentivamo come due naufraghi aggrappati a un relitto in mezzo al mare. Raccontammo l'uno all'altro tutte le avventure delle nostre recenti esistenze, tirammo fuori tutti i soldi che avevamo in tasca e che, messi insieme, facevano meno di cinquanta centesimi.

Mio fratello non era più il bruto che mi aveva picchiato senza pietà, non era nemmeno più mio fratello, ma il mio vecchio e caro amico, l'unico compagno che avessi nell'intera città, in questa strana città cui non davamo più alcuna importanza, pieni come eravamo del ricordo dell'Italia; anche i nostri discorsi e le nostre risate avevano il sapore dell'Italia e gli occhi dell'uno si fissavano felici negli occhi dell'altro.

Il mio fratello maggiore e le cose straordinarie che aveva da raccontarmi furono per me una gran festa. Il fantasma in cui si era trasformato riprendeva un abito di carne e ossa e stava vivo e bellissimo davanti a me. Avrei voluto baciarlo, ma per qualche ragione non lo feci.

Quante dolci risate! Ridevamo di nulla (è sempre meglio ridere di nulla). Sebbene mio fratello non mi fosse sembrato mai molto intelligente, adesso sembrava aver superato se stesso. Era vivace, spiritoso, chiacchierone. Le male parole e gli insulti di cui mi aveva riempito in tutti quegli anni smottarono via lungo un pendio di risate. Era alto quasi un metro e novanta e io mi accorsi solo allora di quanto fosse bello, benché prima la sua faccia mi fosse sempre apparsa poco attraente, e qualche volta addirittura ripugnante. Camminammo fianco a fianco giù per Delancey Street, il multicolore bazar ebraico. Alla fine di questa strada, dove si va per tirare sui prezzi e spendere il meno possibile, c'è il Williamsburg Bridge, il più bel ponte del mondo. Gli feci vedere tutto: le vie dietro Delancey, con le botteghe piene di oggetti russi, come samovar e alari di rame, cose che tingono anche la strada di un colore rossobruno. C'erano trapunte vecchio stile e si potevano comperare quelle sigarette russe, da poco, col bocchino di cartone. (A queste straducole uno dovrebbe arrivarci con le gambe più stanche per poi sentirsele diventare leggere, come per miracolo). Comperammo dei cetrioli in salamoia da certi ebrei che vendevano anche altri cibi, che passavano tutti per le loro mani sporche e, forse, anche per le loro barbe lunghe e piene di pidocchi. C'è un gran movimento per queste strade, un contorcersi umano, un continuo fermento. Nei cinema di zona si può sempre trovare una ragazza, basta allungare le mani nel buio. (Ho fatto questa cosa ignobile migliaia di volte. Essere uomo d'onore significa dire sempre tutto, anche le cose più strane, i fatti più comuni, anche le oscenità più impubblicabili. Perché le verità che ogni essere umano porta dentro di sé basterebbero, da sole, a far inorridire il KrafftEbing più feroce che si possa immaginare... come nel capitolo cancellato dei Demoni di Dostoevskij, in cui si attende con gran calma che una bimba s'impicchi nella stanza accanto. Ho cose peggiori da dire e certamente anche Dostoevskij ne aveva, ma ci sono parole come canarini che uno strozza tra le dita, e queste sono parole che non si possono dire mai).

La serie di lavori continuò: ci fu il ristorante C & L, dove lavorai tre mesi, e fu l'unico lavoro che abbia mai rimpianto. Mi licenziarono perché ero un arrogante e, tutto sommato, un buono a nulla. Poi fu la volta della National Biscuit Company, che durò un giorno solo. Poi l'Hotel Woodward, quindi lo Yale Club, un ritrovo di snob, dal cui ventesimo piano potevo vedere l'East River che scorreva lento, come un languido serpente lungo il suo cammino. Fu allora che mio padre, quell'ignobile individuo, fece un grande sforzo e ci mandò diciotto dollari... cento lire! Lasciai il mio buco, e mio fratello e io, insieme, cominciammo a cambiar stanze, una dopo l'altra. Ci nutrivamo di latte e focacce, fumavamo sigarette e da una delle stanze in cui eravamo capitati, cercavamo di sbirciare in un bagno dove si lavava una ragazza. In una di queste pensioni c'era una negra, una negra autentica, con labbra grossissime, occhi bianchi o gialli nel fondo, le palme delle mani rosate, che a me pareva veramente molto strana. Finalmente trovai un altro lavoro, da Stanley. A quel tempo mio fratello doveva rimanere nella stanza, mentre io ero fuori in cerca di lavoro, perché avevamo un sol paio di scarpe.

Una sera, uscendo da Stanley, trovai mio fratello che mi aspettava. Gli dissi ingenuamente che avevo la busta paga e lui mi prese il denaro, quasi strappandomelo dalle mani. Così facemmo una litigata furibonda e allora mio fratello, con un gesto teatrale, gettò il denaro per terra. Lo afferrai più svelto che potei e balzai su un tram, per sfuggirgli. Quella notte, essendo troppo tardi per cercare una stanza, dormii nel parco. Pochi giorni dopo mio fratello si presentò nel bar di Stanley e minacciò di rompermi la testa, se non gli avessi dato dei soldi. Mi salvai dicendogli la verità, e cioè che non ne avevo più.

Quando persi anche questo lavoro restai quattro giorni senza mangiare e presto la vista dei cibi nei ristoranti davanti ai quali passavo cominciò a nausearmi. Però, quando trovavo un pezzo di pane per terra lo raccoglievo, lo lavavo accuratamente a una qualche fontana e lo mangiavo. Raccogliere cicche per strada non fu certo la cosa più spregevole cui mi ridussi, allora, ma non tesi mai la mano per mendicare (almeno dagli estranei); in seguito, quando mi feci degli amici, gli chiedevo continuamente degli spiccioli per poter mangiare. Era una vita balorda in questa terra di milionari, e continuano a dire che la ricchezza non è nulla di più che uno stato d'animo e il peggior vizio per un povero. Ma questa ricchezza, che non ho mai desiderato acquistare, e questa povertà, alla quale non sono mai sfuggito, furono le cause maggiori della confusione della mia vita. Perseguitato dalla fame, con il fondo dei pantaloni logoro e consunto, imparai a conoscere tutte le strade di New York. Tale è la lotta fra la vita e la morte. (Non avevo paura della morte, ma avevo paura di veder tanta gente morire di fame, come fossimo stati in guerra).

All'Hotel of Spain trovai un altro lavoro e nella 29th Street una nuova stanza. (Quanto di me stesso ho lasciato nelle camere ammobiliate? non meno dei capelli caduti che ho lasciato su ciascun cuscino? Quanto della mia vita è stato stracciato, lacerato e mortificato e asservito dalle camere ammobiliate d'America? Se tutte le ore che ho passato in camere ammobiliate potessero diventare dure come grani di rosario, esse formerebbero le note di un grido senza fine, che, forse, raggiungerebbe le orecchie di Dio. Tutto ciò che mi è capitato accadde in un'interminabile notte attraverso la quale io ressi la debole lampada che ora sta per estinguersi). Il signor Lehman, un ebreo tedesco, era il mio padrone di casa e io non riuscii mai a capire se fosse un idiota completo o un furbo che facesse l'idiota. Il suo grande amore era una bottiglietta di gin che sorseggiava giudiziosamente. Anche lui, per Dio, aveva il suo mistero, ma solo quel tanto per cui ciascuno di noi ha il mistero della propria anima. Parlava troppo con quella voce che gli stava tutta nel naso. In quella pensione passavo per francese, perché ero giunto alla conclusione che fuori d'Italia gli italiani non erano ben visti. La padrona di casa, una donna enorme, mi chiamava 'Frenchsein' e, quando non pagavo la pensione, brontolava:
«Non mi pacherai mai, frangesino, tiavolo di un frangesì...».
C'erano parecchie ragazze allegre in quella pensione e io ebbi numerose avventure con ognuna di loro. C'era Marcelle, la piccola prostituta parigina, con la quale eravamo molto amici quando il suo protettore non era d'attorno. Stavamo su a parlare fino alle tre di notte e a lei non passò mai per la testa che io potessi desiderarla. Aveva spalle strette e fianchi larghi. Migliaia d'anni di prostituzione erano sfociati in questa spirituale progenie. La sua risata era simpatica e innocente ed era con immensa dolcezza che mi gettava le braccia al collo, chiamandomi 'Brotha'! Quando uno dei due aveva un po' di soldi, mangiava anche l'altro, altrimenti ce ne andavamo in giro assieme, allegri e affamati. Aveva preso il posto di Missio nel mio cuore affamato.
Una notte il suo protettore la seguì e venne fuori un putiferio. Lui mi chiamò figlio di puttana e minacciò di uccidermi. Ma non era cattivo e presto diventammo amici. Lei non lo amava, ma aveva paura di lui, un sentimento non lontano dall'amore. Mi disse che il proprio compito era quello di «soulager le genre humain», e certamente il suo peccato non fu mai così nobilitato. Era semplicemente a caccia del suo pezzo di pane e companatico. Ma il breve spasmo che tutti conosciamo non era la sola cosa che desse – anche all'uomo più ignobile che passasse per la sua strada e per il suo letto.
Era figlia di un vinaio che l'aveva tirata su a furia di botte. Lei s'era ribellata ed era scappata di casa. Non credeva in niente e ciò la rendeva ancora più perfida: credere in Dio in un certo qual modo abbellisce. La sua carne era maledetta, eppure io la desideravo. Una prostituta significa forse malattia, spudoratezza, dissolvimento di tutti quei princìpi di pulizia morale e fisica che infestano il mondo. Tuttavia lei era una donnina molto pulita, e lo posso ben dire io che assistetti più di una volta alle sue abluzioni. Era buona e brava come qualsiasi altra ragazza, con un bel sorriso e una bella faccina.
Un giorno, mentre parlavo sulle scale con la padrona di casa, tutt'a un tratto mi cadde in testa dall'alto un cuscino. Corsi di sopra e bussai alla porta della pensionante colpevole; quando mi sentii rispondere: «Avanti», entrai. Sul letto c'era una donna nuda, nuda come il giorno ch'era venuta al mondo, e non era nemmeno uno spettacolo tanto piacevole. Anzi, era proprio un brutto pezzo di donna. Era grottesca. Teneva una pinta di birra sul comodino e fumava una terribile sigaretta, non tanto per sognare, quanto per buttare via il tempo. Le deturpava il ventre una gran cicatrice, e la sua stessa pelle, coperta com'era di una peluria bionda, richiamava alla mente l'idea della birra.
Fu questo il mio secondo amore, nato nel disprezzo, nato nella laidezza, nato nella disperazione, nato per morire, perché non aveva altro di meglio da fare che morire.
Mio fratello venne anche in questa casa; tranne che per dormire, era sempre lì. Un giorno mi chiese un dollaro e io glielo diedi, era l'ultimo che avevo. Gli dissi che era stato lui a farmi perdere il posto da Stanley, con quel suo passeggiare minaccioso su e giù davanti al ristorante, mentre io lavoravo. Di quel nostro primo incontro a New York non era rimasto assolutamente nulla. Allora sparì e non lo rividi che due mesi dopo.

Continuavo a cambiar lavoro: prima da Moffat, un ristorante francese. Noi aiutocamerieri dovevamo lavorare in frac e questa assurda uniforme mi costò cinque dollari. Era di un nero con riflessi verdognoli... ridicolissimo. Poi da Gargiullo, dove rovesciai una porzione di roast beef sulla fodera di seta del cappotto di un'anonima signora. Lei pretese che le dessi due dollari e mezzo per la smacchiatura, sicché io ci rimisi sia i due dollari e mezzo sia il posto. Chiacchierone come sono, potrei buttare fuori un diluvio di parole per ogni posto in cui ho lavorato. America, tu eri un peso terribile sulle mie fragili spalle. A volte mi pareva di portarti, tutta intera, sulla schiena. Non sono mai stato capace di prenderti alla leggera, di scherzare con te...

I camerieri sono enormi coleotteri con le ali ripiegate. I camerieri vanno a caccia del cliente buono. Gli tendono l'agguato. Ne sentono da lontano l'odore, l'annusano, lo misurano. Fuori, pura, la neve e il gelido cielo blu. Fuori la gente gusta un'aria di gelato blu. Fuori c'è ancora la salvezza.

Avanti, su, forza, muovi quelle gambe, corri idiota, porta il roast beef al sangue, versa pure il sugo sulle spalle di qualcuno e vedrai che ti succede. Lascia cadere un pezzo di ghiaccio nella scollatura di una signora e vallo a ripescare. Oh, là, ingozzali di maionese, affogali in un'onda di potage. Urla: «Una minestra, due minestre e una bottiglia di champagne!». All'inferno! I tappi lottano invano per attingere la gioia.

È giunta l'ora sacra: uno, due Gesù Cristi balzano sulle tavole, si versano un po' d'acqua ghiacciata sulle mani e tengono un discorso. Un tedesco, con tutta la goffaggine della sua razza, dà spettacolo da solo, una conferenza gonfia di disperazione ubriaca. Poveri Cristi, poveri creatori di religioni.

Urla in alto fino alla casa del tuo Dio, urla giù per le scale dietro ai camerieri che corrono, urla contro il cibo e il vino. Urla il tuo terrore, la tua ostinata malinconia. Sono tristi questi pazzi, e su due o tre facce questa tristezza affiora. Il piacere, una rosa avvizzita sul petto della vita. Piacere, sei una tazza di caffè freddo, una scodella di minestra cattiva, una fetta di roast beef con il sugo che macchia i calzoni ai camerieri. Oh, poveri cavalieri erranti del piacere, i camerieri – lupi addomesticati che portano piatti di carne che non osano toccare.

Non c'è nulla di bello in tutto questo schiamazzo, a parte un bambinetto che fa la pipì in grembo a una donna e piange, gridando: «Voglio andare a casa!». Nella strada la neve è un petto verginale, in attesa. Questa gente ha paura del profondo silenzio che segue alle risate.

Il giorno dopo i camerieri cercano nella sporcizia il denaro che qualcuno ha perduto.

XVI

MIO FRATELLO RITORNA

Quando mio fratello tornava da me, e non mancava di farlo tutte le volte che non aveva più un centesimo, andavamo con Marcelle in un bel ristorantino italiano, per mangiare e stare allegri. Lei ce ne era molto grata, cosa abbastanza insolita in donne del suo mestiere.

Frattanto io avevo trovato lavoro in un locale della Fifth Avenue, e la mia provvisoria ricchezza ingenerò in me l'ingratitudine. Mio fratello mi aveva convinto che avremmo fatto meglio a lasciare la pensione di Lehman, tanto più che il signor Lehman diceva che io avevo l'educazione di un taglialegna. Era così indignato, perché mi rivolgevo a sua moglie, chiamandola 'mistress'. Gli spiegai che in Italia le donne si chiamano 'signora' che io credevo appunto si traducesse con 'mistress' e che nessuno si sognerebbe mai di rivolgersi a loro chiamandole per nome. Del resto era molto difficile essere grati a un uomo sgradevole come il signor Lehman. Così ce ne andammo.

La nuova stanza era nella Third Avenue e la sopraelevata correva proprio davanti alle nostre finestre, dandoci un fastidio terribile. Persi un posto e ne trovai un altro, ma nell'intervallo imparammo che cosa volesse dire morire lentamente di fame. Mangiavamo ogni due giorni, in uno dei sudici ristoranti del Bowery, dove ti lasciano mangiare tutto il pane che vuoi... cioè non è che te lo permettano, si affidano alla tua discrezione. Carne di maiale e fave, fave e carne di maiale, questo era il nostro pasto usuale.

Quando persi anche il nuovo lavoro e annunciai la cosa a mio fratello, lui mi disse queste precise parole: «Be', ora dovrai pensare a guadagnarti il pane da solo».

Lurido bastardo! E io che l'avevo mantenuto per tutto quel tempo! Sicché la mattina dopo me ne andai, piantandolo in asso. Non lo rividi più. E non ne seppi più nulla finché non mi scrissero che era morto in guerra: pace all'anima sua.

La mia nuova pensione era nella 17th Street. Qui sarei morto di fame, se non ci fossero stati i freelunch counters dai quali riuscivo sempre a rubare qualcosa da mangiare. Non potevo pagare la pigione. Le mie giornate cominciarono, allora, a essere caratterizzate da una specie d'incantamento, da un parlare vago e trasognato, chiunque fosse l'interlocutore. Cominciai a leggere dei buoni libri e mi tuffai senza alcuna esitazione in G. B. Shaw. Ricordo che m'innamorai della parola disparagingly di cui però non riuscivo a intendere il significato reale.

Sapevo che avrei potuto amare fino alla violenza, che avrei potuto stringere una donna fino a farle uscire l'anima. Avevo amato parecchie donne, ma erano la maggior parte brutte. È anche vero, però, che una donna bella non può cambiare se non in peggio, qualsiasi cambiamento non può tendere che al brutto, mentre una donna brutta può cambiare solo in meglio. E, ogni tanto, brutte o belle, sono obbligate a cambiare fattezze. Avevo in mente l'idea di una gallina che fa le uova: c'è in essa qualcosa di dolcemente familiare e tranquillo e fecondo e fertile, ma anche di sporco, perché tutto ciò che è familiare, tranquillo e fecondo è, in fondo, sporco. Pensate all'orrida trascuratezza, al sudiciume che c'è in moltissime famiglie. E più si amano tra loro, più si appiccicano l'uno all'altro e ciò che si appiccica, si appiccica perché è sporco. Sapevo che coi miei modi di fare non avrei mai riscosso alcun successo né in amore, né al gioco, né in altre cose di minor importanza, che tenevano per me il posto della famiglia che non avevo mai avuto.

Sapevo che c'erano fiori nel mio intimo: violette nell'erba alta per i pensieri profondi; rose all'aria aperta per il sangue; fiori di ciliegio per la gioia; peonie al sole per l'amore ardente; margherite per la modestia; denti di leone per il coraggio; botton d'oro per tutto ciò che implica questo nome, per la felicità esaltante; crochi per i vecchi, difficili da raccogliere e una volta colti subito ridotti a niente, e nontiscordardimé che si dimenticano subito, tanto son piccoli e insignificanti.

Ma soprattutto ero, e sono, invidioso, follemente geloso di tutti gli scrittori che abbiano pubblicato più di un libro. Ero geloso (pensate a che punto arrivavo!), geloso perfino di Shakespeare. Sentivo un frenetico bisogno di essere lodato e impazzivo per il desiderio di essere considerato un grande poeta. Il fatto che vi potessero essere poeti maggiori di me mi faceva soffrire. Eppure sapevo di esser futile, il trionfo della futilità.

Il fatto che non avessi alcuna idea di Dio non mi procurava alcun disagio (anche se a questo riguardo potrei apparire malvagio e sgradevole).

Essere con Dio e non essere con Dio: questa è una frase drammatica che funziona in ambedue i sensi. Cristo non ha mai cessato d'essere immenso, per me, e penso che il Vangelo sia il libro più bello che sia mai stato scritto; tutto l'armamentario della divinità non ha fatto altro che danneggiare quell'uomo splendente che fu Cristo. La religione ha sempre torto, Cristo ha sempre ragione, anche quando parla in chiave minore del Regno dei Cieli. Non gli ho mai rivolto le mie preghiere, ma lui può benissimo farne a meno. Gesù Cristo è stato l'uomo più fiero di tutti i tempi: se è divino, ciò è dovuto unicamente alla sua fierezza. (Amante di dispute poetiche fu anche lui, questo biondo, grande poeta, bellissimo per alcuni e per altri bruttissimo).

Non ho mai creduto in Dio, nemmeno da bambino, e quando pronuncio la parola 'Dio', si tratta solamente di un simbolo sentimentale. In un modo o nell'altro Dio non ha trovato posto nel mio spirito. Ho sempre davanti agli occhi le cose che la religione ha compiuto contro di me e contro altri mortali. Spesso Dio è equivalso all'inquisizione spagnola... A me pare che, per aver cura dell'intero universo, delle stelle, dei pianeti e di tutto il resto, Dio dovrebbe muoversi un po' più in fretta. (Ma questo è soltanto un tentativo da parte mia di ridicolizzare Dio).

A volte mi pareva d'essere una nube nera, pronta a trasformarsi in una fioritura di tuoni e di lampi, sempre sospesa, sempre incombente, ma mai capace di grandi cose. Se sapeste com'ero coraggioso, quando non c'era alcun bisogno di esserlo... Se sapeste come amavo la letteratura e con quanto disprezzo, invece, la respingevo!

A quell'epoca avevo stretto amicizia con un olandese, che si era messo in testa di scrivere dei soggetti per il cinema. Uno dei nostri lavori s'intitolava Il richiamo della cornamusa. Era un pasticciaccio di amore, morte, delitto e criminali. Insieme scrivemmo anche Sette uomini neri, una storia poliziesca assurda e interminabile, che fu naturalmente respinta da tutti. Un altro dramma che scrissi fu La legge morale e parlava di un prete che finiva per pregare per la sua scellerata madre, la quale aveva tentato di farlo uccidere da un amante assolutamente improbabile. Spesi cinque dollari, per far battere a macchina il mio primo vero lavoro letterario. Erano tutte sciocchezze, ma non è spiacevole ricordarle. Il mio amico olandese, che in fondo in fondo era un idiota, non contribuì mai molto alla stesura di questi soggetti: in realtà non faceva nulla di nulla; faceva il dattilografo per me, su un'invisibile macchina da scrivere. Lo vidi l'ultima volta il giorno che lo piantai in una camera ammobiliata, la mattina di buon'ora. Era indispensabile che me la battessi senza essere visto.

Presi la mia giacchetta da cameriere e scappai da quella stanza della 17th Street, dove ero debitore di tre o quattro dollari, e presi il largo per Coney Island. Dopo quattro o cinque ore di cammino, durante le quali spesi il mio ultimo nichelino per comprarmi un bicchiere di birra, raggiunsi quel paradiso dei pagliacci. Avevo qualche sigaretta e, come capita a stomaco vuoto, il fumo mi scendeva come fuoco vivo nelle viscere. Lungo la strada guardavo nei fossi in cerca di qualche radice commestibile e divorai tutto quello che trovai con grande appetito. Ma, una volta a Coney Island, non trovai lavoro subito, benché mi fossi presentato a tutti i ristoranti per un posto di cameriere. Passai la notte in una casa in costruzione. Pioveva, e ricordo che un fulmine cadde a pochi metri dal mio rifugio e che, addormentandomi, sentii la sirena dei pompieri venuti a spegnere l'incendio.

Il giorno dopo trovai lavoro come lavapiatti da Pecoraro, una sudicia trattoria vicino al mare dove si potevano mangiare pannocchie di granoturco bollite sulla cui pulizia bisognava chiudere un occhio. In quel gran palcoscenico che era Coney Island non c'era niente di bello. La folla vi regnava sovrana e il lavoro era massacrante. A notte mi buttavo sul letto tutto bagnato di sudore, malato, stanco, stanco di essere stanco, un miserabile ragazzo sperduto nel sudiciume e nella miseria di un sudicio lavoro.

Dormivo troppo poco e troppo male, eppure ogni mattina riuscivo a far un bagno in mare. Fu quello il mio gran matrimonio con la miseria, e il risultato di tale accoppiamento fu la fame. Fu una maledetta, disperata lotta, per tener in vita questo mio corpo, per il quale non valeva certo la pena di combatter tanto. Ero il capitano della nave della Miseria Americana.

Per continuare con la parabola del mare: il mare offre un bicchierone d'amari al cielo e il cielo lo beve lentamente, poi lo restituisce trasformato in pioggia: le lacrime del cielo. (Avete mai visto durante una bonaccia il terribile leone che ruggisce tutta la notte e non vi fa dormire?). Le piccole cabine da spiaggia sono come un brutto commento al gran poema del mare. Uomini che quasi non si vedono tentano di solcarlo con le loro imbarcazioni, ma esse passano e non lasciano traccia dietro di sé. Madre di eroi e padre di pescatori, il mare nasconde agli uomini i suoi tesori e loro, spudorati, li cercano, per poterli vendere ignominiosamente. A Coney Island udii la tromba altisonante del vento lanciare il suo richiamo: rotto il letargo, i cavalli selvaggi del mare si sollevarono e si rincorsero digrignando i denti per incitarsi alla lotta. L'uomo si diffonde ovunque, come una malattia contagiosa ed è l'onnipotente Dio che purifica e rinnova le razze del mare (come ha detto D'Annunzio, prendendosi troppe libertà con questo Dio senza nome). È la nostra mentalità umana, che ci fa credere di poter comunicare con Dio (l'unico, intrinseco Dio è certamente non buono, anzi malvagio).

Ho già parlato di quel senso di silenziosa esaltazione che talvolta provavo lavorando: un vago sognare, una specie di emozione, un sentimento, dico sentimento, come un Messia, un dolce Cristo. (Ciò mi costò parecchi licenziamenti, immagino, perché un sognatore non lavora bene). E improvvisamente cominciai a scrivere: all'inizio poesie in rima, assurde poesie rimate che mandai a più di venti riviste, avendone di ritorno solo biglietti di rifiuto. Erano biglietti di diverso colore che mi stimolarono, sia pure in modo stereotipato, a continuare. È difficile dire quanto fossero brutte le poesie, e quanto assurde le novelle. Scrissi perfino una poesia su quella maschera vecchia e banale che è Pierrot. E poi la primavera, e diversi altri soggetti triti e ritriti; fra le altre c'era una poesia particolarmente brutta sull'East River, che dolcemente fluiva al di là delle vetrate dello Yale Club.

Lanciai disperati appelli ai direttori di riviste, fra cui William Rose Benet. Lui mi scrisse che le mie poesie erano «turgide» e io persi del tempo prezioso, per cercare sul vocabolario l'esatto significato della parola.

Finalmente ci fu uno che accettò due mie poesie: A. R. Orage, di «Seven Arts Magazine».

MIA MOGLIE

Ora lasciate che vi parli della mia piccola moglie. La incontrai durante una sua vacanza. La sua stanza era accanto alla mia e quando una delle nostre porte si apriva, pareva a tutti e due che fosse la propria porta ad aprirsi. C'innamorammo subito.

(È così che vanno le cose nelle camere ammobiliate. C'era una ragazza che aveva la camera vicina alla mia. Un giorno lei mi fa vedere i suoi seni nudi, ma io avevo talmente voglia di una donna che non potei fare niente. Le regalai una scatola di dolci, ma questo non mi fu di nessun aiuto. Lei mi lasciò lì da solo, con un pugno di mosche; il che, nella vita, mi è capitato spesso. Sono sempre arrivato troppo tardi: lo spigolatore ritardatario, che va sul campo quando gli altri spigolatori sono già passati). Vivevo in una pensione tenuta da Vincenzo Bevilacqua, un grasso imbecille che poco prima aveva fatto venire dall'Italia una sorella più giovane; lei dormiva nel corridoio che portava alla mia camera. (Una volta, mentre si svestiva e ormai aveva addosso soltanto la camicia, io entrai e, vedendola, fui preso da una terribile voglia di saltarle addosso. Ma lei cominciò a strillare e io fui costretto a lasciarla stare). Grazie a Bevilacqua trovai lavoro allo Yale Club e mia moglie veniva lì a trovarmi e lì demmo fondo all'intero repertorio dei giochi d'amore e però ancora non l'avevo posseduta. Ciò accadde in seguito, in camera mia, dove l'avevo portata mezza ubriaca e dove lei passò con me tutta la notte. Il risultato fu che rimase incinta e io dovetti farla operare, o, meglio, lei dovette farsi operare, perché fu lei, naturalmente, a pagare il conto.

(Guardando dalla mia finestra nelle case di fronte, potevo vedere donne mezze nude o nude del tutto, che non avevano alcun ritegno a mostrarsi così ai miei occhi e a quelli degli altri. Vivevano tutte in misere, squallide stanze ammobiliate, tutte uguali, piene di cimici, disperatamente sporche; piccole increspature erano, queste donne, nel gran mare del mio abbattimento. Una volta, in una piccola camera ammobiliata di Brooklyn, contemplai l'idea di corrompere un bambino di otto anni. Ciò è orribile, indicibile e perfino Joseph Delteil, con tutta la sua sensualità, si ritrae sdegnato dal suo Don Giovanni, quando questi incita due bambini a fare l'amore tra loro. Delteil, sensuale al punto che s'inebria perfino all'odore dei piedi, non ha che parole di biasimo per questo atto precoce. Ma un clown della sensualità come son io è capace dei crimini peggiori).

Era una piccola donna benedetta, mia moglie: benedetta per la canzone che le rideva sulla faccia, benedetta per tutte le sue disgrazie. Benedetta perché era tanto piccina e il suo amore così grande, così disperato; il suo amore si reggeva soltanto su di me. Aveva una voce dolcissima, a suo modo sensuale, graziosa come il cinguettio di un uccello. La sua voce era la sintesi di molti splendori. Eravamo come due rimbambiti, quando ci baciavamo in piena Broadway.

Ricordo il suo volto estatico, un'estasi che durava pochi minuti. L'amore era per lei una specie di frenesia e nell'esprimerlo rivelava un qualcosa di rabbioso. Era come se sul volto le si dipingesse l'anima. Dolce era, più dolce di quanto abbia mai saputo esserlo prima o anche dopo. Piangeva profusamente; in realtà non passava giorno, senza che lei venisse da me a piangere. Dapprima quel suo pianto mi fece sprofondare in un'agonia di compassione, poi mi ci abituai, alla fine non potei più sopportarlo. (Una volta fece piangere anche me perché criticò le mie scarpe scalcagnate). Maledizione, non c'era cosa che non le desse una buona occasione per piangere. Aveva un'incredibile riserva di lacrime da versare, e la cosa finì col diventare ridicola.

Ma sapeva raccontare con molta efficacia e in maniera pittoresca e vivace storie della sua vita in Italia, in mezzo alle montagne. Era tutto quello che sapeva fare. Era talmente ignorante che un giorno mi chiese chi fosse Shakespeare e io le dissi d'averlo appena incontrato per strada. Lo stesso con Dante. La portai al teatro francese (in realtà era lei che mi portava, perché io ero costantemente al verde) a vedere I fratelli Karamazov. Pianse per tutto lo spettacolo. C'era una certa forza in questa piccola donna. Era ostinatissima, inflessibile, astiosa, ma la sua carne era morbida: bruna bruna, come quella della Madonna. Aveva capelli e occhi neri. Andavamo insieme a Coney Island e al ristorante italiano di Sullivan Street. Qualche volta era molto carina; aveva un modo tutto suo di respingere con le labbra la veletta che le si appiccicava al volto.

Cominciai a vivere in una specie di glorioso vapore. Sulla terra il mio lavoro era diverso. Anche in quei giorni avevo addosso una pesante cappa di nebbia. Sentivo vagamente, ma con passione, che avrei potuto essere un re dei re, niente più Gesù Cristi adesso. Forse avrei potuto salvare questo mondo schifoso. Pensai anche a questo. Ma salvarlo da che? Intanto salvare il mondo è più facile dirlo che farlo. Salvare il mondo dai desideri inutili, dalla fame simulata, dal pensiero che l'amore sia un fatto di importanza secondaria, salvarlo dal troppo mangiare. Salvarlo da ogni genere di sentimentalismo (eppure io stesso sono un gran sentimentale, nella misura in cui il sentimentalismo è dolcezza). Salvare il mondo da ogni bigottismo, clericale e no. Salvare il mondo dall'essere troppo stanco e consunto. Salvarlo dall'essere troppo difficile perché possa essere capito, dall'esser troppo scomodo per viverci o per morirci. Salvare il mondo dall'essere senza fiori, dall'essere troppo pietoso.

Keats ha detto che fare l'amore è una cosa che pochissima gente sa fare e che nessun servo dovrebbe vantarsi della propria abilità. Ma io qui non mi vanto se parlo dell'amore. Amare, ha detto ancora Keats, è privilegio dei grandi, è privilegio dei belli, ma io debbo aggiungere che amare è concesso anche agli umili e ai brutti. Forse è più giusto dire, con Leonardo, che tutti son belli e grandi quando amano, sicché anche quella piccola donna che fu mia moglie fu per un po' di tempo grande e bella. (Farfalle della vita siete voi, giorni dell'amore, e dagli abissi del mio letto d'ospedale vi mando quest'ultimo e disperato addio!).

Avete mai sentito, di notte, il cuore della persona che amate battere così vicino al vostro, al punto che i suoi battiti si perdono e si confondono con i vostri? Siete mai rimasti svegli, a letto, immersi in un sogno, mentre i vostri quattro occhi guardano la vita che vi scorre tra le dita lieve come sabbia? Avete mai gettato prodigalmente la vita, a mani aperte, come un giovane dio meraviglioso? Avete mai provato a fermare un'ora che passava troppo in fretta? Avete mai sentito che le forze vi si triplicavano e l'intelligenza vi si faceva più acuta di quella di un genio, solo perché accanto a voi c'era una donna? Tutto questo è amore. Avete mai atteso, contando le ore fino all'arrivo del vostro amore, pensando perfino ai secondi che ancora si frappongono fra voi? Siete mai stati milionari, con solo pochi spiccioli in tasca? Oppure infinitamente poveri perché lei non c'è, pur avendo abbastanza quattrini per mangiare una giornata intera? Nel piccolo villaggio del vostro amore c'è il piccolo campanile di una piccola chiesa, che vi invita a pregare Dio. Ma tutto il vostro essere, benché scosso dalla tempesta dell'amore, non ha mai chiesto aiuto e non ha mai chiesto che cessasse, non ha mai gridato: «Basta! Basta! Non ne posso più!».

Avete mai visto un cielo al tramonto, una rosa scarlatta che va perdendo i petali, e vi siete resi conto che eravate gli unici spettatori di uno spettacolo allestito forse soltanto per voi? Avete mai sentito corrervi la strada sotto i piedi, così molle da farvi saltare di gioia, come una palla di gomma? Avete mai sentito il sangue fluirvi nelle vene, e non avete mai pensato che tutte le estasi della vita erano vostre? Questo, tutto questo è amore.

Mia moglie era bruna, ho detto. (Ecco la parabola dei capelli delle donne, il loro maggior pregio. Alcune sono nere come la notte fonda, e lei era una di queste; altre sono bionde come un giorno di sole; altre sono rosse come il tramonto benedetto o l'alba odiosa; altre sono grigie come un giorno oscuro, o bianche come le nuvole che passano nel cielo. La pioggia non è che la chioma grigia di quell'enorme testa che è il cielo; la neve è la sua canizie e la grandine un ricciolo spettinato del paradiso. E qui termina la parabola dei capelli femminili). L'intelligenza di mia moglie era appena sufficiente per ingannare qualcuno e, poiché lei si era data a me quando era mezza ubriaca, questo ci legò un po' di più. Questo, più o meno, il più bel ricordo che mi resta di lei.

E parlando d'amore, debbo qui parlare del più caro amico della mia vita: Louis Grudin. Non era un bel ragazzo: i suoi lineamenti erano tagliati rozzamente e il naso informe, anche la bocca, le labbra

troppo grosse, gli occhi incerti, non brutti però; l'andatura sproporzionata, la voce un rombo, il cappello fuori moda e brutto, i pantaloni senza piega, con le borse alle ginocchia, la giacca informe, le maniere rozze ma non scortesi, il cuore buono e grande, il senso dell'ironia forte, il senso dello humour sottile e sempre all'erta, i suoi amori sfortunatissimi, la sua bella una ridicola ragazza grassa alla quale credeva come a un oracolo; il suo aspetto, vestito da militare, imponente, ma non allarmante, il suo amore per il chiasso, e la sua stessa chiassosità, il disgusto per il sesso e l'amore per il caffè (un caffè rosso e bollente che inghiottiva con grande coraggio), la sua estrema purezza per ciò che riguardava il sesso, le sue idee rivoluzionarie in amore e in politica, per il suo paese, il suo governo, il suo essere un ebreo lituano – tutte queste cose lo facevano qual era. (Nell'amicizia con ebrei io mi trovo curiosamente a mio agio. Nulla può uguagliare la loro intelligenza, la loro ospitalità – incompresi, disprezzati, trattati dall'alto in basso, sono invece persone a posto e belle, anche. Bisogna avere la sensibilità estetica di un barbiere per sostenere che sono brutti!).
Lou, ragazzone grande e grosso e grasso, che scoppiavi dentro la tua uniforme di soldato! Insieme mandavamo in frantumi l'universo, conquistavamo il mondo, anzi i mondi! Eravamo i padroni della strada, quando vi camminavamo di notte. Cantavamo Winter Sturme Wiechen denn wonne Mond, senza tanto curarci della grammatica tedesca. Certe volte camminavamo tutta la notte, gridando le nostre idee alle stelle e alla luna, tremendamente felici di essere così intelligenti e terribilmente orgogliosi della nostra intelligenza, redentrice dei nostri corpi, che giustificava e sublimava questa nostra vita.
Ogni volta che passavamo sotto il Woolworth Building, Louis Grudin si toglieva il cappello in segno di rispetto. Lou mi piaceva tanto perché pensavo che fosse un'edizione riveduta e corretta di me stesso. Invece eravamo così diversi come il pane è diverso dal burro, pur essendo alimenti tutti e due. Le poesie che scriveva erano più belle di quanto volesse credere. C'erano dentro ritmi larghi, maestosi, e una certa grazia, un sicuro umorismo. Mi chiamava 'maestro' e 'professore', ma se io gli ho fatto conoscere Rimbaud e Laforgue, lui mi ha fatto conoscere la letteratura americana. Gli dicevo che assomigliava al JeanChristophe di Romain Rolland e lui mi rispondeva che diventavo sentimentale.
Nella mia memoria, Lou, tu occupi lo spazio di un intero cielo. Mi sono dissetato e sfamato di te. Avevo per te un'ammirazione sconfinata, seppure incoerente. Benché tu mi chiamassi 'maestro' ero io che imparavo da te, sempre. La tua forza, la tua virilità, la tua energia tu le spargevi a piene mani. Con grande umiltà riconosco tutto quello che hai fatto per me. Sì, mio caro, la tua amicizia era per me una cosa grandissima. Sapevo di esserti inferiore e tu una volta scrivesti in un libriccino:
«Aveva paura di me e il suo letto era sporco».

INIZIO DI CARRIERA LETTERARIA

Abitai per alcuni mesi in Willoughby Street, a Brooklyn, i mesi più neri, forse, della mia vita. Spalavo la neve, un'impresa terribile per un mingherlino come me. (Fu in questa camera che possedetti per la prima volta mia moglie, quando era ancora la mia fidanzata). Non ero ancora un poeta, ero soltanto un lettore, ma fu lì che scrissi un verso. Scrissi: «L'amore è una miniera nascosta nelle montagne della nostra vecchiezza».

Poi mi trasferii nella 37th Street, vicino alla Eighth Avenue, in quella casa con le pareti verdi dove incontrai un polacco che mi voleva tirare addosso il vocabolario perché lo avevo svegliato con le mie canzoni. (Fu là che vinsi il primo premio della rivista «Poetry», che io mi bevvi quasi tutto in gin fizz). Ero come un pescatore alla deriva, sopra una zattera, impotente, tenuto a galla da chi sa quali promesse o forze o speranze. Sono sempre stato così. E che cosa pescai nel mare dell'amicizia? O cosa cercai di pescare? Ecco che mi arrivò Louis Grudin e insieme ci mettemmo a far visita ai migliori scrittori di New York.

Andammo da Max Eastman, che diede a ciascuno di noi una copia del suo Understanding Poetry. Eastman aveva una bella testa grigia, bella perché il resto del suo viso era molto giovanile. C'era giovinezza nell'aspetto di Max Eastman, ma nessuna giovinezza c'era nei suoi sermoni. Andammo da Louis Untermayer, che ci diede, lui pure, una copia con autografo di uno dei suoi libri e poi quasi vergognandosene ci mostrò una raccolta di fotografie pornografiche. Andammo da Babette Deutsch, che ci ricevette con addosso un paio di calze ridotte a un solo buco. Sua madre, invece, era molto aristocratica. Andammo da Alfred Kreymborg, e fu la prima conoscenza veramente letteraria che facemmo. Credo che le autobiografie Troubadour di Kreymborg e Tramping on Life di Harry Kemp siano tra le peggiori del genere. La prima è così sdolcinata che non è neanche possibile farne una critica. Kreymborg parla di una cinquantina di scrittori, senza riuscire a darci un'idea di che cosa siano questi uomini. L'altro libro è del tutto stupido, freddo, sciocco, pieno di pregiudizi, ampolloso e senza mordente: è l'opera di un idiota della letteratura. Era l'idolo di quelli che cercavano la poesia nei romanzi d'appendice. Se non son capace di far meglio di questi due è meglio che chiuda, per me è finita. Tutto è morte in questi due libri.

Lessi il primo libro di Kreymborg, Mushrooms. Era pieno di nostalgia, pieno di brevi poesie, talvolta inutili, talvolta piacevoli, talvolta sorprendenti. (Ma il veleno dei suoi lavori successivi mi è entrato fin nelle ossa. Quel che dice di sua moglie è insufficiente. Ciò che ripete e ripete non valeva la pena di ripeterlo). Eppure Kreymborg era un amico e spero che lo sia ancora. Ma l'amicizia non deve entrarci. Quanto a Harry Kemp, io l'ho sempre disprezzato come uomo e come scrittore. Non c'è una pagina in lui che possa dirsi gradevole. È uno che ha calpestato la vita con piedi troppo negligenti.

Alfred Kreymborg ci portò in casa di quella santa ultramoderna che è Lola Ridge.

Accadde che la rivista «Seven Arts» non pubblicò mai il mio lavoro: morì prima di poterlo fare. Ma A. R. Orage, il direttore, che non era certo un ciclone, era in realtà il tipico grand'uomo. Cioè, ascoltò pazientemente le mie lamentele e mi offrì un sigaro di lusso. Mi diede anche una piccola rivista dalla copertina grigia e mi consigliò di scrivere per quella, cosa che io feci. La piccola rivista era diretta da Harriet Monroe e si chiamava «Poetry». Le mandai un po' di roba, e fu accettata. Più tardi, per queste poesie, vinsi il famoso premio di cinquanta dollari.

Ritornai dal nonciclonico Orage, attirato soprattutto dal miraggio di un altro sigaro, e lui mi dette altri venticinque dollari per altre poesie. Quella sera Mitterlechner e io ci prendemmo una sbornia colossale. Ma a questo punto debbo dire qualcosa di Mitterlechner. Era, come dice il nome, un tedesco. Ostinato, massiccio, malalingua, attaccabrighe; tedesco, tedesco, tedesco. Era tedesco da capo a piedi, e per di più renano. Chiamava la sua padrona di casa 'cammello', e a me dava del 'fesso'. Il suo medico era 'un imbroglio'. La sua ragazza 'una puttana', il lavoro era 'schiavitù'. Italiani e greci erano gente fottuta. La sua Vaterland era la parte più raffinata e civile del mondo. Godeva a cantare Die Wacht am Rhein.

Ogni tanto mi dava molto denaro e io gli ero debitamente grato e riconoscente. (Tra l'altro, come ho forse già detto e certamente dirò in seguito, l'essere grati è la cosa più difficile di questo mondo. Si è quasi sempre costretti a esagerare). Il suo amore per la Vaterland era orrendo. Consisteva in grida orgogliose, boria e ostinazione. Tutto il suo affetto era proprio tale e quale il suo carattere, così come l'ho descritto. Aveva simpatia per me e mi offriva una gran quantità di birra. I suoi baffi erano sottili, un po' impertinenti e anche un po' aggressivi, ma gli conferivano una certa distinzione, ben presto smentita dalle maniere rozze. Era un mio buon amico, ma in un modo sbagliato. Non mi è mai piaciuto molto.

UN PICCOLO CLUB A NEW YORK

Ciò che distingueva questo club da tutti gli altri che conoscevo era il fatto che i suoi soci fossero tutti giovanissimi. C'era Lilly Steigman, la ragazzona per cui, un po' alla volta, Louis Grudin stava letteralmente ammattendo; c'erano poi Goldie Steigman e Rebecca e Sophie. Sophie aveva il grande onore di conoscere personalmente il grande artista ebreo Sholem Asch. Anche Izzie Schneider faceva parte del club e vi regnava sovrano. (Izzie, il tuo gran naso è una cosa che fa piacere ricordare). Era un così soave scrittore, una personalità così affascinante, un così grosso Izzie, una mente così tersa, una così forte volontà di lottare contro ciascuno e contro tutti. Il suo humour era acuto e tagliente, né Izzie era quello che si direbbe un bell'uomo, ma la sua faccia cambiava espressione con grande rapidità e senza preavviso. (Dicevi che saresti arrivato più avanti di noi due, Grudin e me, e forse avevi ragione. Guarda ora il tuo amico, Izzie, preso da una malattia moderna, che lo rende ridicolo, fracassato, ridotto in frantumi...).

Mi piacque la splendida delicatezza che avesti per me nel Dr. Transit. Dicesti: «Emanuel Carnevali, che contribuì a fare l'uomo che scrisse questo libro». Ricordi quando camminavamo insieme, di notte, a Staten Island? Mangiavamo grappoli d'uva ancora verdissimi, che tu chiamavi 'gripes.' Rubavamo anche mele acerbe.

Questo piccolo club si riuniva una volta la settimana in casa di uno dei soci. Si faceva un discorso sopra un argomento fissato la volta precedente. La giovinezza era la cosa più bella di questo club, era anche la cosa peggiore. C'era freschezza, ma anche inettitudine. Vi dominava la giovinezza, la giovinezza e basta, ed era anzi la ragione stessa della sua esistenza. Era una sottile vena d'oro, che correva dentro la nera, buia miniera di New York.

Grazie a questo club e grazie al fatto che Harriet Monroe aveva pubblicato alcune mie poesie, questo fu il periodo d'oro della mia vita. (Sapevo che Harriet Monroe aveva la migliore rivista del paese; aveva anche sempre fame di materiale inedito ed era per questa ragione che le mie poesie erano state accettate così alla svelta).

Era il club degli sbandati, dei moralmente senza patria, degli eretici del mondo artistico. Un giorno vennero tutti a casa mia, a mangiare. Vennero anche i Kreymborg – e mia moglie ci preparò del baccalà così salato, che nessuno poté mangiarne un boccone.

Una volta parlammo dei rapporti sessuali e un'altra volta mi fu chiesto di leggere un articolo sulla letteratura italiana contemporanea. Ebbi un grande successo e riscossi molti applausi.

Una volta Louis Grudin mi lesse l'inizio di un romanzo nel quale confessava che io ero molto importante per lui. S'era lasciato scappare frasi di questo genere:

«Questo è l'inizio della cultura americana». «Saremo dei politici, poiché il punto di arrivo della metafisica è la politica». «Essere innamorati è il vivere perfetto; è la maniera più razionale di esistere».

Una volta la ragazza di Louis Grudin danzò per noi: si alzò la sottana di quel colore verde così aggressivo e mostrò le gambe. Litigavamo spesso e a sangue. (Litigammo ancora quando, essendo io a Chicago, scoprii che aveva mandato alla redazione di «Poetry», di cui ero allora condirettore, certe poesie scritte dalla sua grassona. La lite crebbe e si fece incandescente. Gli scrissi una tale quantità d'insolenze e lo vituperai a tal segno che senza perdere tempo rispose minacciandomi: «Vedremo cosa varrà la tua agile penna, quando verrò a mostrarti i pugni»).

Alla «Seven Arts» incontrai Waldo Frank e debbo dire che il primo incontro non fu per nulla piacevole. E in casa di Lola Ridge incontrai William Carlos Williams – e non ho fatto mai incontro più felice (a parte quello con Kay Boyle e Dorothy Dudley). Williams era un uomo amabilissimo, strano, con una voce leggermente disapprovante, specie quando leggeva le sue poesie. In casa di Lola feci il mio primo discorso, che mi guadagnò l'amicizia di William Carlos Williams, ossia, lui me la concesse senza difficoltà. Andai a trascorrere alcuni giorni in casa sua.

Era un ragazzone ingenuissimo, più bambino dei suoi cari, seri, pensosi bambini. Con la sua Ford andava in giro per le colline, a raccogliere fiori di campo con una gran quantità di terra attaccata alle radici, e li trapiantava nel giardino dietro casa sua, nella speranza che vi crescessero e fiorissero. Modestissimo, si vergognava quasi di leggere le sue poesie in pubblico (che erano sorprendenti e bianche e potenti e vere e belle). Da qui il tono apologetico della sua voce. Qualche volta il viso gli diventava duro, spettrale, brutto per qualche conflitto interiore. Il suo viso era un miscuglio di arroganza e di bonaria polemica su ogni cosa. Non l'ho mai visto scrivere, ma posso ben immaginare che lo faccia ridendo.

Nonostante le voci che correvano, era casto come una vergine, delicatamente, anzi elusivamente casto. La sera lo attiravo sul divano, perché sdraiato ascoltasse l'ultimo mio parto poetico, ma lui si addormentava e aveva anche il coraggio di russarmi in faccia. Osò dedicarmi l'ultimo numero della rivista «Others» (questo mi costò una strapazzata da parte di Waldo Frank). Gli scrissi una volta, quando sembrava che si fosse pentito di questo gesto – il più bello di tutti.

Dove lavorai come una bestia da soma fu da Gus, in Broad Street, un locale dove, all'ora di pranzo, si riversava tutta Wall Street, con i suoi commessi di banca e i suoi impiegati. Si trattava di preparare più di ottocento coperti. Con quel lavoro riuscii a mettere insieme una ventina di dollari con cui comperare un orologio d'oro da regalare a mia moglie. Li spesi, invece, con Mitterlechner e un paio di puttane. Mia moglie a quel tempo lavorava in campagna e io le scrissi quello che avevo fatto, ricordandole che alla fin fine la sua missione era proprio quella di farmi rigare dritto e di tenermi sulla retta via. Mi rispose dicendo di non aver interesse per le missioni e che non voleva sentir parlare delle mie avventure. Quanto, poi, all'orologio d'oro che le avevo promesso, avrebbe potuto benissimo comprarselo da sola.

C'era anche un certo ristorante C & L, dove servivo ai tavoli, con molta saggezza e lungimiranza. Qui raggiunsi l'alto grado di cassiere. Qui mi innamorai di una cameriera piuttosto carina, dalle mani morbide, che mi procurava le mance. Le cameriere usavano con me un sacco di teneri nomi, come 'dolcezza', 'amore', 'bello', 'tesoro'. Una volta un uomo che stavo servendo mi parlò gentilmente. Mi disse con tutta tranquillità e umiltà che era un pederasta.

Ma non parliamo più dei posti in cui ho lavorato! Siano tutti maledetti! Non ho mai avuto un'ora di lavoro piacevole, non una sola ora, a meno che non fossi ubriaco, il che mi accadeva spesso. Trascinavo da un posto all'altro, con una certa ostinazione, questo mio corpo affaticato, eternamente stanco, eternamente ammalato. Dovevo vivere, ma avevo tutta l'America contro, tutta quell'incessante spinta al lavoro. Chiedevo incessantemente aiuto a gran voce, con rabbia, ma i miei appelli rimasero inascoltati. Cantai le mie flebili canzoni, come un'allodola sperduta nel cielo immenso della vita. Ero a pezzi, debolissimo. I pochi momenti di conforto e di pace erano quando lasciavo un lavoro con qualche soldo in tasca... sufficiente a tirare avanti per un paio di giorni.

Il sabato sera raggiungevo mia moglie in campagna, dove lavorava, e prima mi lavavo da capo a piedi, mi mettevo il borotalco per presentarmi a lei tutto pulito e profumato. La domenica dormivo nel cottage del signor Green, il principale di mia moglie. Lì passai dei giorni bellissimi, al sole, con mia moglie, che era ancora carina allora. Sembrava che non dovessimo stancarci mai l'uno dell'altra, eppure era già il principio della fine. Ricordo che nessuno dei due sapeva, allora, il significato della parola shallow e continuavamo a ripetercela, sperando che uno dei due lo rivelasse in qualche modo all'altro. Alla fine ci confessammo reciprocamente che non sapevamo cosa volesse dire.

Poi, quando mia moglie dovette farsi operare, per interrompere una gravidanza, incontrai Dorothy S., una pittrice. Mi innamorai di lei, perché era gentile con me. (I miei amori cominciavano sempre così). Quando andai a trovare mia moglie, avevo in tasca una lettera di Dorothy in cui mi diceva: «Ti amo». Quella sera stessa andai da lei e, quando, finalmente, la baciai, le sue palpebre cominciarono a palpitare come farfalle morenti. Decisi di lasciarle morire, quelle farfalle morenti...

Non la rividi più, ma incontrai Caroline D. Non so da quali cieli mi fosse caduta fra le braccia, ma so che il suo innamorato di prima passò una mezza nottata sotto le sue finestre, sapendo che io ero di sopra con lei. (Fu poi l'uomo che sposò e dal quale divorziò dopo... dopo...). La cosa cominciò così: un giorno mi portarono in camera un biglietto, in cui mi si chiedeva di telefonare a Caroline D. alla sua banca. Lo feci, piuttosto sgarbatamente; dall'altro capo della linea Caroline continuava a ripetere: «Lei parla come una celebrità, si comporta proprio come una celebrità... Voglio conoscerla, incontrarla da qualche parte». Non era bella, ma aveva un volto pieno di mistero, la prefazione di un mistero. Era alta e potente, con il petto pieno e le spalle robuste (non le perdonai mai d'essere più forte di me). Aveva gli occhi sporgenti, castani, che sembravano cattivi ma non lo erano. Era mite, nonostante la sua forza fisica e spirituale, nonostante i suoi occhi, che parevano terribilmente, ostinatamente cattivi. Quando sapeva che sarei andato a trovarla, si vestiva con grande ricercatezza, e poi mi diceva che io dovevo essere una specie di Gesù, o, altrimenti, un gran ciarlatano. Era nuova all'amore e le sue gaffes erano assurde e frequenti. Turris eburnea, non so se l'ho amata mai. Turris eburnea: era terribilmente bianca.

Un giorno mia moglie tornò all'improvviso dalla campagna ed entrò in camera mia, mentre io non c'ero. Avevo nascosto le lettere di Caroline sotto il letto e mia moglie, frugando qui e là in mia assenza, trovò la scatola, in cui erano rinchiuse. La mattina dopo telefonò a tutti e due, a Caroline e a me, chiedendo a entrambi di andare da lei. Arrivati che fummo al posto in cui mia moglie lavorava e messici a sedere con lei nella stanza, mia moglie improvvisamente balzò in piedi ed espresse l'intenzione di chiamare la polizia. Caroline mi chiese che le lasciassi sole e io, dopo aver accettato di andar fuori e di restare fuori della porta mentre loro due discutevano il mio caso, irruppi nella stanza gridando: «No, non è giusto, non è affatto giusto!».

Mia moglie era nel mezzo della più infernale invettiva che avessi mai ascoltato e io, dalla rabbia, le diedi una tale spinta che la fece volare. Tutto questo putiferio allarmò tanto la povera centralinista piazzata vicino all'entrata, che mandò qualcuno in soccorso e quando Caroline riuscì ignominiosamente a battersela, e io la seguii, sulle scale incontrammo un gruppo di persone che cercavano di salire e gridavano: «Dov'è quella donna? Dov'è quella donna?».

Al coro di quelle voci aggiunsi la mia, mentre mi aprivo la strada, urlando io pure: «Dov'è quella donna? Dov'è?».

Ma il portiere negro non si lasciò ingannare, mi inseguì e mi raggiunse alla stazione della metropolitana; mi aveva già messo le mani addosso, quando il bigliettaio gli ingiunse di lasciarmi andare.

Era una donna di piccoli e grandi furori, mia moglie. C'era in lei una certa forza; certe volte, mi faceva impazzire. Non era capace di domandare perdono e questo vuol dire che c'era in lei una grande debolezza.

E pensare che, una volta, avevamo passato più di dodici ore insieme, senza stancarci l'uno dell'altra! Sì, qualche volta avevamo passato metà della notte sulla panchina di un parco, a chiacchierare, a guardarci negli occhi. Ma il nostro amore era finito per sempre. Lo calpestammo sotto i piedi, finché non diede più segno di vita. Era la distruzione totale, la fine dell'amore.

Dopo che la mia relazione con Caroline finì, mia moglie pianse tanto che tornai a vivere con lei, ma anche questo ormai era passato, ed eravamo entrambi quieti come la morte. Mia moglie non strisciava più ai miei piedi, rivolgendomi l'eterna domanda: «Mi ami?», e io non le urlavo più la risposta ugualmente eterna: «No!». Ciò che era stato distrutto non poteva più essere ricostruito. Eravamo circondati dalla calma della morte.

Dapprima avevamo lottato con tutte le forze contro questa sensazione di morire, ma non valse a nulla. La morte era nostra, e nostra era soltanto la morte. Ci sedemmo insieme sulla riva di un fiumiciattolo nel Bronx e all'improvviso sentimmo quanto essa ci fosse vicina, formasse quasi una parte di noi stessi. La melanconia ci aveva quasi del tutto annullati, e con quanta tenerezza il piccolo corso d'acqua accoglieva e rimandava la nostra melanconia! Lì noi portammo la nostra rabbia d'amore, la nostra abietta miseria, sperando che la somma di questi doni fosse, veramente, la morte. Piccolo rivo, tu guardavi la nostra fine e continuavi a scorrere, mormorando, accanto a noi. Avevo conosciuto la nascita dell'amore, assistevo adesso alla sua morte.

Poi seppi che anch'io ero stato tradito. Avevo mandato Louis Grudin nella cittadina del Connecticut dove mia moglie trascorreva l'estate, e quando tornò mi disse d'averla incontrata insieme con un violinista russo. A Lou era parso che lei sembrasse piuttosto tesa quando parlarono di questo violinista.

Quando tornò le parlai della visita di Lou e lei mi nominò tutte le persone che gli aveva presentato, ma non fece menzione del russo. Bastò questo per farmi capire. Ero a letto con lei, nella sua stanza, e cominciai a gridare, dando via libera a tutti i miei sospetti.

«Chi è quel violinista russo, di cui mi ha parlato Lou?».

Rimase zitta per un po' e io, in quei brevi istanti, vidi tutta la verità, che lei era riuscita a tenermi nascosta. Scoppiai in una gran risata e, sempre ridendo, mi alzai dal letto e scesi le scale, per andare in camera mia.

Subito dopo comparve anche lei nella mia stanza e io, calmissimo, le dissi, con aria pedante e grave, che doveva considerarmi come un prete in confessionale e che doveva dirmi tutto senza tentare di giustificarsi.

«Una volta tanto» le dissi «non gettare tutta la colpa su di me».

Così lei mi confessò ogni cosa, ma lo fece in un modo tanto odioso, con una tale meschinità, con certe lacrimucce, con una tale paura di me, che io temetti per la sua anima. Non solo si era data al russo, ma anche a un altro uomo, l'eroe di un suo antico amorazzo, un giovanotto spagnolo.

Ricordai con stupore le ore d'inferno che aveva passato a insultarmi, a chiamare Caroline una puttana, una biscia, un essere abietto.

Alla fine Harriet Monroe venne a New York e mi disse che, se volevo andare a Chicago, mi avrebbe aiutato a trovare un lavoro.

XXI
CHICAGO

Quando Waldo Frank vide la grafia del mio futuro principale, disse subito: «Che essere orrendo!». E aveva ragione. Costui aveva la faccia di un arcigno pastore presbiteriano, com'era poi in realtà. Si chiamava Pasquale ed era un tipo losco, un bruto spregevole. Oltre che pastore era anche direttore di «The Citizen», e non sono mai riuscito a immaginare che razza di prediche potesse tenere ai suoi fedeli. Se in qualche modo rispecchiavano l'animo del loro autore, non potevano che essere orrende. Aveva gli occhi verdi, con l'iride opaca (forse per una cataratta) che faceva impressione. Metteva il pepe sugli spaghetti rendendoli completamente immangiabili e una volta mi raccontò d'aver assistito all'impiccagione di un italiano. Disse che a quello spettacolo, che a qualsiasi altra persona sarebbe sembrato lugubre come un teschio, lui aveva riso tanto da star male.

Il mio lavoro consisteva nello scrivere delle note sui criminali di Chicago e nel sollecitare inserzioni e sottoscrizioni. Il presbiteriano era in combutta coi fabbricanti clandestini di whiskey e io una volta scrissi un articolo contro i gangster italiani in America. Per poco non ci rimettevo la pelle, benché allora non me ne rendessi conto.

Quest'uomo orribile era il padre di una robustona, che aveva bisogno di ben altre cose che le prediche presbiteriane. Con lei parlavo spesso di religione, e le dicevo che Dio è un simbolo sentimentale. La religione andava bene per le vecchiette, le dicevo, per la gente stanca, per gli stupidi. Le dicevo che amavo Cristo, ma che Cristo è la negazione di qualsiasi setta cristiana, di tutte le religioni cristiane. Cristo avrebbe potuto farsi chiamare Dio, ma aveva preferito esser chiamato uomo, sapendo per istinto che la parola 'uomo' è più estesa e più grande che la parola 'dio'.

La religione, dicevo, insegna al mondo a far a meno dell'amore, a far a meno del peccato, perché la religione perdona tutti i peccati. La mitologia è bella, la religione contorta e brutta. Perché gli uomini dovrebbero sottomettersi alla religione, le chiedevo, quando essa è così oscura, incerta, sicuramente non santa? Le raccontavo dei preti che mi avevano educato da bambino. Ce n'era uno che faceva un gran chiasso, quando cantava messa. Aveva sempre una gran fretta: fretta in confessionale, fretta nel dir messa, fretta nell'insegnare, fretta nel predicare. Fretta, fretta! Era grasso e arrogante, sempre a caccia di qualcosa. Immaginavo che andasse a caccia del suo dio negli angoli bui della chiesa. (C'era anche un altro prete che era stato il mio maestro in terza elementare. Era un uomo rabbioso, e una volta lo vidi staccare, in un accesso d'ira, un pezzo d'orecchio a uno scolaro. Eppure se qualcuno lo andava a trovare era gentilissimo ed offriva vino e biscotti, senza essere, però, un pederasta. Dico questo perché al mio paese molti preti lo sono).

Il mio viaggio a Chicago fu il più lungo che io avessi mai fatto in treno, e quella volta viaggiai da signore, in vagone letto. Mi accompagnarono alla stazione Waldo Frank e mia moglie, e quando in seguito lo rividi a Chicago, Frank mi disse: «La povera donna sapeva quello che le sarebbe accaduto». Lasciai mia moglie con la promessa di mandarla a prendere non appena le cose si fossero messe a posto, ma non lo feci mai. (Mia moglie chiese, e probabilmente ottenne, il divorzio. Basta un fatto a mostrare quanto fosse ipocrita: mi scrisse, più tardi, che durante i tre anni della nostra separazione, io non le avevo mai mandato nemmeno un centesimo. Che ipocrita! Come se non sapesse che non avevo mai avuto un centesimo da mandarle! Ad ogni modo, un po' di gratitudine gliela devo, per avermi mantenuto, o quasi, per tre anni a New York. L'affitto della casa di West End Avenue l'aveva sempre pagato lei).

Pasquale mi licenziò presto, ma molto gentilmente, senza ombra di violenza. E il mio secondo lavoro a Chicago fu nella redazione di «Poetry», insieme con quella grande madre di poeti che è stata Harriet Monroe. Tutti gli anni di zitellaggio si erano accumulati nel suo gran cuore, finché esso non traboccò e allora fu vero amore materno quello che ne scaturì. Spesso litigavamo a lungo e ad alta voce su ciò che bisognava accettare o rifiutare e quando lei, di nascosto da me, pubblicava qualcosa che non mi piaceva, in ufficio erano urli. Per i pochi mesi che durò, fui condirettore, ma ero un collaboratore piuttosto da perdere che da trovare e Harriet Monroe non era soddisfatta di me. Devo ammettere che i suoi rimproveri erano giusti, perché io ero uno scansafatiche buono a nulla. Dormivo a lungo e ostinatamente, mi riposavo e guardavo pigramente non il lago, ma la folla che vi passava accanto. Le dicevo che la sua rivista era un'assurdità: solo l'idea di pubblicare ogni mese un certo numero di pagine dedicate alla poesia! (Ma da quell'assurdità vennero fuori dei geni come Carl Sandburg e quell'imbecille di Masters che, come giustamente diceva Kreymborg, trattava argomenti universali con ristrettezza provinciale). Le dicevo che la sua rivista mancava completamente di senso dell'umorismo! L'accusavo di trascinarsi in giro quel carrozzone di rivista, quel peso morto che era grigio non soltanto di fuori, ma anche di dentro. Le dicevo che aveva la mentalità di una professoressa d'inglese, ma se l'insultavo ferocemente, pazzamente, era perché in quel periodo insultavo tutto e tutti, uomini e donne.

(Quando, anni dopo, Harriet Monroe venne a trovarmi in Italia, la signora Emma, la proprietaria dell'albergo, la descrisse così: «La donnina più pulita che abbia mai visto». In confronto a te, Harriet, io non ero che un povero poeta, uno straccione, un mendicante a piedi scalzi. Ti ricorderò sempre come la mamma di tutti i poeti, buoni e cattivi, la salvatrice di tutti i poeti, che spesso, con un assegno, salvasti la mia vita). La signora di cui sto tentando di darvi un'idea non era né una gran dama, né una donna insignificante, ma teneva un po' dell'una e un po' dell'altra. L'ho sentita parlare con la voce tremante d'indignazione e l'ho sentita ridere allegramente come un bimbo. (Conosco bene questo strano tipo di piccole donne, e quando si vuota il sacco delle proprie parole, bisogna sempre risparmiarne una per spiegare, quando muoiono, la realtà della loro vita). Harriet Monroe, ti ringrazio per il pane che mi desti, per l'affetto materno che riversasti su di me; tu diventasti mia madre e per questo miracolo io ti ringrazio. Per la capacità di dimenticare che tu foderasti col mantello della tua memoria, io ti ringrazio; per essere venuta in Italia a trovarmi in un piccolo albergo, io ti ringrazio; eppure, benché tu mi abbia stampato devo dire che una gran rivista non sei stata capace di farla. Instancabile piccola donna, ora sei morta. Quelle esili dita, che tante pagine sorressero davanti ai tuoi occhi grigi, sono ora vuote e giacciono inerti nella tomba.

Un giorno mi fu dato il permesso di andare a Niagara, a patto che tornassi il giorno stesso da Tonawanda a Buffalo. Non so trovare le parole adatte a descrivere questa grande cascata. È troppo grande, troppo tremenda, questa disumana Niagara senz'anima. È, in un certo senso, il riconoscimento finale della grandezza dei grandi Stati Uniti. Per me Niagara era un'immensità che, miracolosamente, aveva trovato il modo di parlare. Per un altro miracolo, l'acqua aveva acquisito la durezza della roccia, una solidità meravigliosa. Era ugualmente bella in tutte le sue parti e io sentii che il suo nome doveva essere perfezione. Così bella era, come cento cavalli bianchi lanciati al galoppo, che persino a guardare, a stendere le mani sopra tanta bellezza provai un senso di vergogna. In quegli ultimi giorni a New York avevo sofferto parossismi di pensiero. Pensavo così intensamente come deve aver pensato la Sfinge egizia, prima che il naso rotto la rendesse ridicola. I miei pensieri erano oscuri, chiusi in un buio mentale, perché non trovavo quasi mai le parole per esprimerli. E fu allora che avvertii questo terribile fuoco che è dentro di me, un fuoco che tenta continuamente di sfuggirmi di mano. Nessuna attività febbrile trovai invece a Chicago (fatta eccezione per l'odore di febbre che si sente quando il vento spira contrario e porta in città il tanfo dei mattatoi). Mi avevano detto che Chicago era una delle città più grandi del mondo. Di ciò non sapevo nulla, ma sapevo che tra le case c'era spesso del verde. Anche le bambine sono più dolci e morbide che a New York.

La grande fronte della città è la facciata che sta davanti all'Illinois Central. Questa grande fronte riscatta gran parte della bruttezza e dello squallore del paesaggio, gran parte della sporcizia e dello sterco polverizzato di cavallo. Uno dei segni che Chicago è felice è la terribile sporcizia che abbandona per le strade, e non gliene importa niente se le strade sono molte o se sono poche. Mi piacevano i buffi ponticelli sul fiume di questa città teppista. Mi piaceva la sua morbidezza. New York urlava e strillava contro di me, ma Chicago balbettava: era tanto giovane ancora!

Una volta trovai da lavorare nel Lincoln Park; dovevo tagliare i rami ammalati di alberi che per il resto erano ancora sani, e spruzzare dovunque arsenico e veleno al piombo, per uccidere i piccoli bruchi colorati. C'era in quel lavoro tutta la poesia di cui avevo bisogno. Odoravo i grandi rami profumati, quando cadevano a terra, nel calore dei lunghi giorni d'estate. Amo gli alberi, siano forti o ammalati, verdi o spogli, quietamente eretti, o oscillanti come tremule mani sotto la brezza. Sono un amante degli alberi, non così stupido però come chi scrisse:

Le poesie le fanno gli scemi come me,

ma solo Dio può fare un albero...

(Son d'accordo per quel che riguarda gli scemi come me). Certe volte abbracciavo un albero, abbracciavo gli alberi di Lincoln Park. Certe volte ho tenuto stretto fra le braccia un albero, e l'ho chiamato mio caro, mio bene e veramente mi era molto molto caro. A lungo andare però cominciò a darmi fastidio il fatto che l'albero non rispondesse al mio affetto.

Anche per le sue ragazze Chicago dovrebbe essere lodata. Hanno occhi dallo sguardo vellutato, come occhi italiani, e fianchi larghi, per dire che un giorno saranno madri. La loro parlata è lenta e profonda, e hanno voci più da contralto che da soprano, mentre le voci delle ragazze di New York erano taglienti come coltelli nel mio cuore. Ero troppo povero o troppo timido per poterlo sapere veramente, ma credo che fossero molto generose di sé, queste ragazze di Chicago. (Louis Grudin una volta mi disse che io amavo soltanto ragazze brutte. È vero, perché come ho forse già detto altre volte, se il viso di una donna brutta cambia, non può cambiare in peggio, ma in meglio. Le donne brutte hanno la contemplazione nel viso).

Le donne di Chicago si dipingono meno orrendamente che a New York e sono anche più sane da vedere. Chicago lancia alle quattro pareti del cielo la ventosa scommessa che durerà ancora stagioni e stagioni prima di affondare nel marasma come New York. (Ma nel tempio della sapienza, la biblioteca pubblica di Chicago, c'è questo cartello: METTERSI IN ORDINE GLI ABITI, PRIMA DI USCIRE. Sapreste trovarne uno migliore? Certamente no).

Come l'Italia è chiamata regina dell'aria per le sue centinaia di aeroplani, così l'America è regina dell'aria per i suoi grattacieli. Ciò di cui l'America si vanta è ciò che conosce meglio: una favola dei cieli. È la sposa più alta di tutti i tempi e fu data in sposa al suo popolo nel novembre del 1918, quando lanciò il suo grido di orrore, di paura e di gioia sconvolta. Fu data in sposa alla sua gente e milioni di coriandoli fecero le veci del riso che si getta agli sposi.

Ho visto New York sorgere dall'acqua come una Venere nuova fiammante, e pensare che un fattore puramente economico diede l'avvio a tale bellezza: il terreno costava troppo, sicché si dovettero costruire i grattacieli. Riverside Drive ha l'acqua all'orlo del vestito, mentre Chicago si lava i piedi sporchi nel lago Michigan, e ha sempre i piedi sporchi.

L'ultimo lavoro che trovai a Chicago consisteva nel trasportare da una parte all'altra della città sacchi di tappi di sughero. Certe volte i sacchi erano più alti di me e, con il pretesto che essi erano soltanto sughero, mi si caricava come un mulo. Quel lavoro lo dovevo a uno scientista cristiano, e anche il mio principale lo era. Per le strade le ragazze ridevano di me, perché trotterellavo sotto il carico, trascinando i piedi... ma c'è qualcosa di cui una donna non rida? A volte il peso era veramente troppo e quasi non ce la facevo a salire le scale della ferrovia sopraelevata.

Tendo ampie reti nel mare della memoria, ma pochi pesci vi rimangono impigliati, troppo pochi. Tra i pochi c'è una bella stella di mare, bella quanto inutile, che assomiglia un po' a te, Annie Glick! (Parole, parole, parole... parole che servono soltanto a inchiodarmi alla croce, parole che servono solo a strozzarmi, parole che si distruggono a vicenda e che mi lasciano più solo e infelice di prima. Da tanto tempo corteggio questa infame figura della morte, e perfino lei mi respinge. Con tale violenza mi rifiuta che sono ormai convinto che niente e nessuno mi può volere).

Annie, mai mi sono umiliato a chiedere un sol dono di quella inesorabile grande dame che è la vita. Mi accontentavo di ricamare un regale mantello di fantasia con cui ricoprire le mie ossa tremanti.

Annie, apri la porta dei miei ricordi e dentro quella buia stanzetta entrerà l'illuminazione della parola. Là dentro c'è aria viziata, odore di chiuso, sentore di muffa, ma la luce disperderà i fantasmi e l'odore. Annie, fosti tu il mio amore più grande. I tuoi occhi immensi e belli vedevano tutto, tranne il mio amore. Quei grandi occhi e belli della tua razza, neri e profondi, bagnati e ribagnati da migliaia d'anni di lacrime, fino a diventare tanto più brillanti, morbidi e dolci. Essi mi accompagnarono attraverso la tumultuosa vita di quegli anni americani. Eri una ragazza ebrea e ho già detto quanto io rispetti la tua gente. Gli ebrei sono, di solito, piccoli, quasi tutti piccoli e brutti; ce n'è così tanti fra loro di brutti, ma guarda che bei nomi hanno: Raggio di Sole, Campo di Rose, Bianco come Neve, Raggio di Luna, Pietra Preziosa, Buona Fortuna e questo era il tuo nome. Credo di sapere la ragione di questo ironico contrasto: quando gli ebrei lasciarono i ghetti e si dispersero per il mondo, fu necessario trovargli un nome e si deve al genio comico di certi burocrati se per questo brutto campionario di umanità si trovarono nomi tanto altisonanti. Non c'è altra spiegazione. Tu, però, Annie, ti eri impossessata di tutta la bellezza dei tuoi più lontani antenati.

Se ho una qualche fiducia nella donna, lo devo a te che fosti la prima bella donna da me amata, vitalmente, umanamente bella. (Era anche un po' il tipo della stenografa a buon mercato, e molta gente lo trovava ridicolo, mentre a me pareva seducente). Il tuo viso era misterioso, ma di un mistero non troppo profondo né troppo difficile da svelare. Annie, tu non avevi pietà di me. Ridevi della mia infelicità e della mia miseria. Ridevi del mio amore per Rimbaud. Ricordi quando ti diedi il manoscritto della mia lunga poesia su Marianne Moore e tu dicesti che esprimeva soltanto il mio odio per quella stupida donna? Annie, tu eri il solco lasciato da ogni mio pensiero, la pace tra le mie guerre troppo numerose, eri l'uso esatto di ogni parola usabile: bello, brutto, sacro, feroce, meraviglioso, miserabile. Avevi delle gambe superbe, ma se mi azzardavo a metterci sopra le mani tu subito dicevi: «No, no, non sono tua moglie».

Ricordo che mi dicevi d'avermi amato una volta, per due ore. Due ore soltanto in tutta una vita! Fu la sera in cui ci incontrammo e io tenni le tue piccole mani nelle mie; la loro morbidezza non era più una qualità, ma uno stato d'animo. Cominciammo a parlare di Elena, che ci aveva presentati, e io dissi che secondo me era una lesbica; allora le tue mani si spensero nelle mie e le sentii diventare fredde, benché non lo fossero diventate affatto. Ti guardai in faccia e dissi: «Ma ora è tutto finito, vero?». Tu ti mettesti a ridere istericamente. E mi esasperasti, quando dopo il mio bacio ti passasti la mano sulla bocca, perché ero già ammalato, e tu lo sapevi e avevi paura. Ma il bel giorno che mi amasti davvero, non cancellasti i miei baci dalla bocca. La prima volta che ti baciai, andai a casa e scrissi e scrissi, perché da un cuore assopito l'ispirazione attinge a volte un lungo gemito, a volte un sospiro, a volte una parola gentile e poi lascia che il cuore ricada nel torpore.

Ricordi come venivi spesso nella mia camera e io, per uno strano senso di civetteria, fingevo di dormire? Certo ricordi che gioia portavi quando entravi e con quanto amore io ti guardavo, sebbene quel che mi portavi allora non fosse ancora amore, ma solo una splendida promessa. Ti chiamavo cara, amore, tesoro, parole che erano per me nuove e strane, e contro il parere di Soffici che cioè non si possa impunemente dire parole dolci a una donna. Tu me le facevi salire alle labbra queste parole, e io te le porgevo così, semplicemente, come un regalo, Annie, tesoro. Regali, regali, regali! Aspettavi regali come un bimbo. (In quei giorni ero ancora di moda a Chicago e tutti mi invitavano a cena. Una settimana decisi di accettare tutti gli inviti, e così misi da parte la paga settimanale per comprarti una collana di coralli che ti piacque tanto). Ma il dono supremo, la felicità, quello non te lo potevo dare. Ti rendevo anche più infelice di quanto tu non fossi per natura.

Eri la veranda della mia vita dalla quale io vedevo passarmi davanti il mondo, eri la scala ascendente della mia volontà. I tuoi seni erano come pere, e belli, fieri e forti. Le tue piccole mani delicate svegliavano desideri che dilagavano nell'uomo fino alla punta delle dita.

Una volta che mi avevi promesso mille baci, io ti portai al cinema, invece. Per quel che riesco a capire, dovevo essere come un uomo dalle mani tremanti che non osa cogliere il fiore per timore di sciuparlo. Eri tutta morbidezza, una soffice curva sinuosa, che avrebbe strappato il cuore anche dal petto di un eunuco. Non so oggi come sei. So che le bellezze russe, come la tua, diventan flaccide con gli anni (perché dopo tutto, non eri che una povera miserabile donna). Dostoevskij scrisse che le donne del tuo tipo non durano a lungo e su questo lui era certamente un'autorità.

Quanti giorni di fame uccisi col sonno a Chicago! (Sonno che poi mi fu tolto durante le molte stagioni della malattia). Il sonno era allora il mio migliore amico. Io affogavo nel sonno, un terribile sonno senza sonno, un sonno che era vicino alla follia. L'idea di questa follia me l'aveva data un libro che avevo letto e che mi aveva molto impressionato. Quando leggevo un libro e lo trovavo bello, provavo una specie di fame di follia, e questa fame fu suscitata in me da Delitto e castigo di Dostoevskij. (Una volta, dopo aver letto un capitolo di Papini, piansi lacrime di fuoco e giunsi al punto di scrivergli una lettera disperata, in cui gli dicevo con parole selvagge la mia ammirazione. Lui fu così gentile da rispondermi e ci scambiammo lettere per più di un anno. Poi gli scrissi che le sue lettere erano estremamente banali, e lui mi rispose irritato che non aveva il tempo di preoccuparsi del destino di tutti i suoi discepoli. Scrissi anche a Croce, che si degnò di inviarmi una cartolina postale. Tradussi anche in inglese, e molto male, il suo Breviario di estetica, un volumetto che contiene alcune splendide verità). La maggior critica che io muovevo a Delitto e castigo era che Raskolnikov non era abbastanza artista e, perciò, il suo delitto era realmente un delitto e il suo castigo realmente un castigo. Gli artisti sono differenti da qualsiasi altra persona perché creano nuove differenze, le parole infatti sono le stesse e cambiano solo quando cambia la visione. Così Wagner, quel balbuziente encefalitico, cominciò a camminare diritto, quando compose il Parsifal, il suo capolavoro. Sono i musicisti a udire il passo di ciascun uomo sulla terra e il sussurro delle foglie che cadono. Odono anche suoni che non esistono, se non nella vita della loro mente. Così Wagner udiva il rimedio al suo male e, ascoltandone le note, era curato. Soltanto nella morte può esistere la sordità eterna.

Poiché tu, Annie, eri l'entità femminile di cui ogni poeta ha bisogno, io rimasi prigioniero nelle tue mani per tanto tempo e per così poco tempo tu fosti prigioniera nelle mie. Io disturbavo i tuoi sogni e tu disturbavi ogni giorno questa mia anima già frantumata da tante fredde e disamorate passioni. Ricordi che per più di un anno tentai di modellare il tuo volto con la creta? Ricordi la gita che facemmo alle dune di Chicago senza riuscire a vedere il lago? È buffo andare alle dune senza vedere le acque del lago. Ti ricordi quando tirasti fuori un temperino e tentasti di tagliarmi le vene? Ti ricordi quando dicevi che io ero il fratello minore di Dio, mentre io credevo d'essere Dio stesso? Annie, in ogni ora della mia vita c'è un minuto per te e questo dovrebbe rendermi un po' più esperto di quanto non sia nell'arte di vivere, o almeno in quella di tenersi in vita.

Rovesciai la barca della tua purezza, entrando furtivo di notte nei tuoi sogni, entrando furtivo di giorno nella tua realtà.

THE DILL PICKLE CLUB

Questo piccolo club era la fiera dei mostri, la società degli eccentrici, il foro di quelli che arrivano nel momento sbagliato, nel posto sbagliato, e ricevono un'accoglienza sbagliata. Ne era presidente Jack Jones, il re degli scontenti e dei disadattati, che vi dominava con quella sua maniera di parlare buffa com'era buffo lui. Una volta mi diede sette dollari perché recitassi la parte di Anatol nel Matrimonio di Anatol di Schnitzler. Mi pare d'essere già tra i morti, evocando questi spettri del passato. Ma spero che non sia morto tu, Jack Jones, perché Chicago ha bisogno di te; Chicago ha bisogno di quelle due stanzette, una sopra all'altra: The Dill Pickle Club.

Era l'imperatore degli intellettuali falliti, Jack Jones. Era il sacerdote delle anime perdute, il pastore degli spiriti gementi sotto la pioggia e il vento delle avversità. (E con gemere intendo proprio quel rumore sgradevole, orrendamente e sottilmente captato dall'orecchio). Tutti s'interessavano di te, uomini come Sherwood Anderson e Waldo Frank, uomini orgogliosi; e anche la polizia venne a indagare su quella strana gente che tu avevi radunato nelle due stanzette. Eri brutto, ma tua moglie era più brutta di te. Forse la polizia venne, perché una volta, mentre remavi sul lago, perdesti tua moglie nell'acqua e qualcuno stupidamente disse che tu l'avevi uccisa. Lei portava i capelli corti, quasi come un uomo, era piccola, sporca e trascurata, ma tu, Jack Jones, l'amavi. La tua esitazione di fronte alle realtà della vita è chiamata a volte socialismo, altre volte comunismo, altre ancora anarchia, ma è esitazione in ogni caso – e durante il breve momento della tua esitazione fondasti questo regno di falliti, di diseredati, di quelli che sopportavano come bestie da soma il peso vacillante delle loro opinioni. Si discutevano apertamente tutti i campi della vita americana, in quelle tue minuscole stanze. Tucker Alley era l'apoteosi di tutti gli strani vicoli di Chicago. Nelle loro fogne vanno a morire i gatti e c'è sempre un cane randagio che annusa tra i rifiuti, ma Jack Jones portò il suo amore tra i recessi di questa misteriosa strada rattrappita. Quei vicoli marciti avevano perso perfino il senso della vista nella lurida oscurità; bambini sporchi giocavano tra le immondizie, niente di bello vi passava mai – eccettuato questo, che può esser bello o no, ma che comunque è vero: prima di poter passare la piccola porta che conduceva a Tucker Alley uno doveva avere avuto la schiena piegata da un peso. Un peso di protesta contro la cattiveria umana, o un peso di angoscia o di malattia o di disperazione; un peso, in ogni modo, prima di poter entrare fra le schiere di quell'esercito puro e sublime che combatteva la sua battaglia nelle due stanze di Jack Jones. Nel suo piccolo regno crescevano soltanto alberi rachitici, ma il forte concime dei suoi rimedi era buono. Vestiva chi non aveva nulla, nutriva chi aveva bisogno di cibo, dava a quelli che mendicavano i pochi dollari che poteva in compenso di un breve discorso. Che sorta di affari facesse veramente al Dill Pickle, non so. Non era né ricchissimo, né poverissimo, questo presidente degli sbandati, che egli divideva in gruppi, li mangiava, li digeriva, li evacuava, così che c'era sempre posto per altri.

In quel primo anno a Chicago io venni consumato, divorato, dal morbo dell'impazienza. E, ad accrescere la mia angoscia, capitò che Annie andasse a New York. Il mio letto era una tomba e lì morirono i miei canti. Giacevo a letto, straordinariamente tetro, e un giorno mi venne a trovare Sherwood Anderson con la sua bellissima moglie; mi portarono della frutta, uno splendido pompelmo. Ricevere un regalo da un tale uomo mi sembrò una cosa sconvolgente e, con loro, mi stordii di chiacchiere. Ma per tutto il tempo che continuai a chiacchierare, mi accorsi che loro due non prestavano molto credito al mio strano modo di essere. Mi giudicavano melodrammatico, un commediante, sconveniente in tutto. Doveva essere difficile accettare in pieno tutte le mie sciocchezze, perché io credevo d'essere Dio e, per un breve periodo, io fui per me stesso l'unico Dio, il Primo Dio. Dissi ad Anderson che non potevo più sopportare la volgarità, il sudiciume, la stupidità. Pensate, per esempio, alle canzoni che cantavano in America, canzoni cantate da seri uomini d'affari e da giovanotti alle soglie dei misteri della vita. Una di esse diceva:

Nelly, la figlia dello spazzino,
viveva accanto ai liquami dei rifiuti.
E dolce era l'odore dei rifiuti.
Ma lei era ancora più dolce.

Per tutto il tempo che parlai con gli Anderson, tenni in mano una fotografia. Era di Annie. A un tratto scoppiai in singhiozzi (una cosa che mi capitava spesso in quei giorni). Quella volta piansi perché mi era parso d'aver scoperto un difetto nel suo bellissimo volto. Non riuscivo più a ricordare nessuna delle sue parole, eccetto quelle che mi scriveva. Mi scriveva quasi ogni giorno da New York e le sue lettere erano insulse; più che stupide, inani. Le rispondevo parole violente, sicché lei si arrabbiava e si creava un circolo vizioso. Quando era arrabbiata, stava tre o quattro giorni senza scrivere e allora io saltavo fuori dal letto e le telegrafavo disperato. Da ultimo mi scrisse che aveva diritto alla sanità di mente e il diritto di vivere. Il diritto di vivere! Tanta gente crede d'averlo e non ce l'ha per nulla, perché la vita è una cosa bella e delicata, deperibile come una bella stoffa ricamata che la povertà e l'incuria possono distruggere nello spazio di una notte.

Ricordavo com'eran dolci le sue labbra la prima volta che le avevo baciate e andavo cercando, e andrò sempre cercando, qualcosa di simile alla dolcezza di quel bacio. Ricordavo il suono della sua voce, alto e alato, ogni momento sul punto di diventare isterico. Ricordavo com'era brutta quando piangeva, con il viso gonfio, e ai miei ricordi dicevo che lei era il letto di quel povero fiume che si prosciugava, di quel grande, largo fiume, di quell'impetuoso torrente che era Carnevali.

Jack Jones ebbe compassione di me quella volta che incespicando corsi da lui, disperato, e poi caddi a terra. Mi raccolse e disse: «Povero ragazzo!». Mi portò dal dottor Vacca e, sebbene il cuore possa essere un grande psichiatra, come psicologo non vale certo molto, perché lui non capì mai le cause della mia ansia e dei miei tormenti, né capì quanto orribilmente io fossi preda di ossessioni nevrotiche, che distruggevano, dall'interno, la mia anima. (Questi neurologi cercano di guarire l'anima e non la conoscono affatto; non sanno che, per capire l'animo umano, bisogna essere dei poeti, mentre ben pochi di loro hanno qualche senso del poetico).

Non rividi più Jack Jones fino a due anni dopo, quando stavo per tornare in Italia. Diede allora un ricevimento d'addio in mio onore, nel corso del quale riuscii a raggranellare qualche dollaro. Quando ormai non ero altro che un cane randagio lui continuò a restarmi fedele, fedele come un marito che non si accorge di quanto le malattie e gli anni gli abbiano imbruttito la moglie. Fu lui il mio padre spirituale, più di qualsiasi prete, e come un prete che parli latino, parlava anche lui un linguaggio tutto suo, mezzo irlandese e mezzo americano. Si pagava un quarto di dollaro, per entrare nel suo tempio, perché, più di qualsiasi prete, egli aveva un tempio, piccolo e spoglio e senza ordine, come tutte le cose più grandi.

LA CRISI

Credevo che per i poeti fosse venuto il tempo della peste, il tempo della fine: la fine dei canti, delle odi, dei poemi, di tutte le vecchie, ammuffite sciocchezze. Per i poeti che, come passeri disperati, lasciavano i loro escrementi dappertutto. Ero nauseato dai cuori delicati che i poeti ostentano sul palmo delle mani, insanguinati trofei della loro guerra con la vita, ch'essi si portano dietro lungo le autostrade e le scorciatoie dell'esistenza, gridando: «Aiuto, aiuto!» con la bocca sanguinante, benché sappiano benissimo che nessuno li ascolterà. (Perché, chi diavolo ascolta i poeti se non altri poeti?). Da una parte giace il grande mondo e dall'altra il piccolo poeta, con le sue microscopiche parole; il re della forma, l'infaticabile ballerino. L'artista non vede che suo dominio è il vuoto, suo impero il silenzio, suo regime il disordine, sua danza la disarmonia. Oh, gli artisti, questi fotografi dell'amore, questi cinematografari dell'avventura! Troppe parole sono state già dette, troppe frasi scritte, troppe canzoni cantate, troppe danze danzate! L'artista parla di Dio come di un parente, lo tratta come un cugino, sia che lo insulti sia che lo lodi. E l'artista ha gran bisogno di Dio, un tremendo bisogno che Dio ascolti le sue piccole parole.

Nella crisi credetti di ripercorrere i secoli alla ricerca del mio volto, perché la perdita della realtà significava per me anche la perdita del volto. Sentivo d'appartenere all'Ottocento più che agli altri secoli, forse interamente, follemente all'Ottocento. L'Ottocento era fatto di maschere: maschere della poesia, Paul Verlaine, Arthur Rimbaud, Verhaeren, Carducci, Leopardi, tutti più o meno pazzi, tutti più o meno ammalati; e Baudelaire interamente pazzo. Le maschere della musica, con Schumann, Beethoven, l'uno pazzo e suicida, l'altro sordo, e Donizetti, anche lui pazzo. Pensavo con amore al suicidio di Van Gogh e alla filosofia di Nietzsche.

Ora credevo fermamente di essere l'Unico Dio. Ma nessun dio fu mai più umile di me, nessun dio fece mai sbagli peggiori, nessun dio fu mai così brutto come me. Nessun dio mi aveva mai soddisfatto come questo dio improvvisamente concepito, e nessun dio mai scaturì tanto spontaneamente alla vita, e nessun dio desiderò mai con tanta passione i colori del mondo. Credevo che nessun dio fosse mai stato buono come me, e per bontà intendevo una cosa molto vasta, qualcosa di enorme, terrificante, qualcosa di così grande che non ne conoscevo il nome. Eppure, adesso che tutto è passato, sembra inutile, incredibile. Ero atterrito dalla maniera totalmente nuova in cui la luce stessa mi appariva dalla finestra, una luce così eterea, inconsistente, debole e tremula nella finestra. Credetti di morire o di essere prossimo a morire, o anche di aver raggiunto la morte. I rumori prendevano un altro significato, ma il più terribile di tutti era il rumore della mia voce. Urlavo a squarciagola la mia pazzesca formula della divinità, ripetendo che io ero, per me stesso e per tutti gli uomini, il Primo Dio, l'Unico Dio, che ero un carico di spezie giunto improvvisamente in porto. Ma ero l'unico apostolo della mia religione: rispettavo il sole e la luna, benché, nel mio orgoglio violento, non avessi bisogno di loro. Avevo sempre odiato la ricercatezza e ora piangevo e invocavo la semplicità, solo che la semplicità non doveva esser presa per pura idiozia. Per essere un dio, un vero dio, bisognava saturarsi di cose semplici: ecco la via più facile per raggiungere la perfezione della divinità.

Accadde mentre leggevo un libro di storia cinese: improvvisamente il nodo di sgomento e di disperazione si sciolse e l'intera stanza ruotò intorno a me; balzai in piedi barcollando, ubriaco. Stavo diventando pazzo e lo sapevo. Ogni traccia di realtà mi aveva abbandonato e io vacillavo, inciampavo, senza risorse, in un mondo incerto. Corsi da Sherwood Anderson e lo pregai che mi desse qualcosa da mangiare, pensando che l'azione meccanica del masticare mi avrebbe aiutato a riportarmi alla realtà. Divorai tutto quello che mi diede, ma non valse a nulla. Con il pretesto che sua moglie sarebbe rientrata da lì a poco e che forse si sarebbe spaventata nel vedermi in quello stato, Sherwood Anderson mi mise garbatamente alla porta. Barcollai, fuori, nella neve, ubriaco per quei terribili sintomi di follia, vagando per strade che mi erano da sempre note e da sempre sconosciute. Avevo per compagne la tremenda Paura delle Paure, la paura di non esser più in grado di capire il significato delle cose e la Miseria di tutte le Miserie: quella di capire che era scomparsa in me la facoltà di distinguere una cosa dall'altra e perfino la volontà di distinguerle. Sento ancora gli orrendi rumori che facevo mentre andavo avanti, il grugnito che scambiavo per poesia, il pianto che era il pianto più disgustoso del mondo.

Sapevo adesso che soltanto l'orgoglio aveva tenuto Sherwood Anderson inchiodato davanti a me, ad ascoltare le mie tirate e i miei discorsi, perché certamente lui di me aveva sempre odiato tutto e i suoi occhi lo dicevano con chiarezza. Eppure io ero andato da lui a chiedergli la mostruosa carità di essere compreso nel momento della crisi. Fuori, nella neve, di nuovo dissi ad alta voce: ora quell'angolo cesserà d'essere un angolo, quel lampione non sarà più un lampione; quella fogna non scorrerà più col suo carico d'acqua sporca, perché l'amato elenco delle cose comprensibili è andato inavvertitamente distrutto; perché in questo immacolato pezzo di cielo una vite si è allentata, un dado spanato, una rotella è andata fuori posto, e nell'intera macchina della realtà è saltato l'interruttore. Dicevo: poiché io sono pazzo o lo diventerò tra poco, è impossibile ch'io riesca di nuovo ad afferrare la realtà. E allora qualcosa di strano accadde o non accadde: sentii che uno dei miei occhi non si chiudeva, che non si sarebbe mai più potuto chiudere, e d'ora innanzi avrebbe agito indipendentemente dall'altro.

Dovevano essere circa le due del mattino, quando tornai nella mia stanza e rimasi a guardarmi allo specchio, incapace di vedere, di sentire. Trascorsi le ore che mancavano all'alba gridando che avevo trovato la formula della divinità, e questa è la formula: SÌNO, e SÌ e NO. Questa è la formula dell'accettazione e del diniego, allo stesso tempo e in tempi diversi, e se si fosse potuta raggiungere la simultaneità dell'accettazione e del diniego, allora la divinità sarebbe stata a portata di mano. Mi sembrava, ora, che tutto fosse questione di velocità. Soprattutto non c'era inganno, non c'era tradimento, non era una scusa per la mia debolezza e per le mie scarse facoltà mentali. Non cercavo di ingannare me stesso. Ero convinto che questo ragionamento fosse il vero, l'unico ragionamento per le mie speciali necessità metafisiche. Inoltre credevo che esso potesse salvare chiunque, perché Tolstoj un giorno aveva detto che nessun uomo è, decisamente e sempre, così o così, ma presenta aspetti diversi nei diversi periodi della sua vita, ed è cecità dello spirito non vedere che l'uomo non è quasi mai lo stesso. Questo pensiero mi stimolava a proclamare, sempre più forte e con violenza sempre maggiore, la mia confezionata divinità, e riempii la casa e la notte con la ripetizione della formula per la pazzia: SÌNO, SÌ e NO, NOSÌ.

Durante la notte, lasciai una volta la stanza pensando che la morte mi stesse trascinando attraverso la porta e lungo il corridoio. Gridai: «Aiuto, aiuto! Sto morendo!». Andai di nuovo fuori, nella neve, mezzo svestito questa volta, ma gli dèi è raro che prendano un raffreddore. Sedetti nuovamente sul letto nella mia stanza, così infelice, così disperato, così freneticamente convinto d'essere un dio, da non capire che ero completamente pazzo. Nessun dio prima di me era mai stato, in realtà, qualcosa di buono, continuavo a dirmi ad alta voce; non c'era mai stato un dio che non fosse una mistificazione, nessuno di loro era mai stato una divinità soddisfacente. Respinsi con sdegno l'idea che dovessi mettermi a fare miracoli; nessun dio aveva mai fatto miracoli, nessun vero dio aveva bisogno di mettere in atto il proprio spirito. Il grande errore di Cristo era stato quello di dire: «Il mio regno non è di questo mondo» e poi di fare di tutto per provare, e provando, con i miracoli, che il suo regno era realmente di questo mondo. Finché gli dèi non avevano avuto bisogno di fare miracoli, mi venne in mente, c'erano stati sicuramente più dèi di quanti la gente avesse immaginato... un'intera, nuova mitologia o storia del deismo. Perfino i realisti erano dèi di una certa specie.

Dapprima la straordinaria semplicità della cosa mi terrorizzò. Avevo trovato la soluzione della vita nella formula:

Dio è o Dio non è

Dio né è, né non è

Dio è assolutamente

Dio non è assolutamente.

Era una sorta di panteismo ciò che sentivo d'aver raggiunto. Io ero il centro della terra; l'intero universo ruotava intorno a me. I quattro stati della mia mente si dovevano esprimere, ed erano in realtà espressi, da una sola frase: «Sì e no. Né sì né no. Sì o no». E allora alla meraviglia per la sua semplicità si sostituì una specie di astuzia: dopo tutto, perché dovevo prendere in considerazione la morte, perché dovevo dedicare un pensiero alla morte? La cosa più facile del mondo era vivere e ora io potevo vivere, sopravvivere per sempre, grazie a questa semplice formula della divinità che avevo trovato.

La mattina dopo quella terribile notte, mi trovai la stanza piena di donne e anche questo non mi sembrò che un altro aspetto della mia follia. C'erano cinque o sei donne in camera mia e il blablabla era tremendo. Riconobbi tra loro la signora O'Keefe, la padrona di casa, grassa e protettiva; sembrava che fosse lei a dirigere le chiacchiere e lo schiamazzo di quel branco. Trovai strano che non ci fossero uomini, ma forse erano già andati tutti a lavorare. Ricordo che mi portarono da mangiare prosciutto e uova, e andai a mangiarli nella stanza di un altro pensionante. Sentii chiamare per telefono Harriet Monroe, che di lì a poco raggiunse le altre donne nella stanza.

La seconda notte Harriet Monroe la passò al mio capezzale. Quel piccolo capitano del lacero, folle esercito dei poeti se ne stette là tutta la notte e mi lasciò parlare. Le dissi che avevo commesso un grave peccato: quello di amare il successo. Me l'ero allattato, stretto al petto, l'avevo visto crescere e svilupparsi, finché non era sopraggiunta la catastrofe totale. Nella mia vita non c'era stato nulla di veramente trionfale, né nell'ascesa né nella caduta. L'una e l'altra erano costruite su grigie fondamenta, l'una e l'altra avevano un fondo di miseria. Era colpa mia, perché da sempre affrontavo la gente con eccessiva passione, con troppa violenza. Certi si spaventavano, altri si seccavano. Come quella volta a casa di Bill Williams, dove avevo parlato, parlato, parlato. Parlai un giorno intero e la sera avrei voluto parlare ancora, ma sfortunatamente mi fecero smettere. Non c'era affetto, non c'era deferenza nelle mie parole, soltanto ansia d'esser compreso e perciò li facevo andar fuori di sé.

Non so quanti dollari mi desse Harriet Monroe; da un gran pezzo ne ho perduto il conto. Ma so che per quindici giorni, parte dei quali trascorsi nel reparto psicopatici di un grande ospedale, io fui Dio, il Primo Dio, l'Unico Dio. Non mi ricordo d'aver dormito in quei quindici giorni, e probabilmente non dormii affatto. Un ciclone mi aveva colpito e mi aveva trascinato lontano dalla terra dei luoghi comuni. C'era poca serenità in tutto questo, ma non ci si poteva far nulla. Dovevo farmi i miei apostoli, dovevo radunare intorno a me dei discepoli. Non era una follia parziale quella che mi possedeva, era qualcosa che si era impadronito di tutta la mia anima. Aveva impiegato troppo tempo ad arrivare, perché potesse passare facilmente. L'avevo sentita venire a me con un remoto e graduale crescendo di suoni e di potenza, questa mia pazzia. L'estrema debolezza, che è pure un sintomo della malattia e che alla fine riesce a sottrarre al malato il potere di muoversi, era venuta anch'essa a poco a poco. È una malattia enorme, primordiale: quando uno ne è gravemente colpito va attorno carponi, come devono aver fatto gli uomini primitivi. Secondo Freud è più facile cantare che parlare, e così devono aver fatto i primi uomini. C'è qualcosa di poetico in questa malattia: la continua necessità di cambiar posizione è sinonimo del bisogno di cambiar espressione, e guai a colui che si serve delle vecchie posizioni, come guai al poeta che si serve della vecchia fraseologia.

La mia fede divenne ora una specie di pragmatismo, semplice fino all'eccesso, e però sconcertante, bello e convincente; pieno di meraviglie, la sua violenza, la sua stessa violenza essendo la sua indiscutibile verità. Potevo perfino trovare le parole adatte per descriverla agli altri, e in un certo senso mi feci i miei apostoli, parlando all'infinito, all'infinito, agli altri pazienti del Saint Luke Hospital, reparto psicopatici. La poesia era stata gettata tra i rifiuti, gli scienziati ormai non creavano altro che macchine odiose, dicevo, e la poesia era finita in pasto ai cani. Mi stupisce ancora il fatto che questo pensiero mi procurasse tanta gioia spirituale. Mi pareva che il mio spirito e la mia anima soffrissero di verità. Ero contento, eppure soffrivo in ogni fibra del mio corpo per un esaltato tormento spirituale ed ero fiero di questo genere di sofferenza. Questa mia divinità fu per me una liberazione da molte cose: questo dio, benché fasullo, fu un gran conforto, una gran trovata, una scoperta valida per tutto il tempo che durò.

Ora sapevo d'esser padrone della morte: era lei la serva che avrebbe obbedito alla mia chiamata. La stuzzicavo, la provocavo di proposito, la sfidavo. La chiamavo con nomi volgari e strani, ma non una sola volta le diedi l'amore che essa chiedeva. Sapevo che era ancora lontana e sapevo che non sarebbe rimasta a lungo attorno al mio letto, a guardarmi giacere. Ma una volta, solo una volta, sentii con certezza le sue mani percorrermi il corpo e poi lasciarmi bagnato di un sudore gelido, con la rigidezza nei muscoli, la disperazione nel cuore, la paura in bocca, e una nuova pazzia negli occhi.

XXVI
CONVALESCENZA

Quando lasciai il reparto psicopatici fui portato nella casa di cura diretta dall'orribile dottor Newman. (Alla fine del mio soggiorno, durato due mesi, questo mostro mi disse che se mai gli fossi ricapitato tra le mani, mi avrebbe fatto rinchiudere nella gabbia dei matti). Gli ospedali si son presi la miglior parte della mia vita e della mia anima; gli ospedali sono ora le pietre miliari che segnano le diverse tappe della mia esistenza; gli ospedali riescono a sfinire anche i più forti di noi. In essi medicimacellai distribuiscono con parsimonia la morte, medici che non sanno nulla o quasi nulla; le diagnosi e i metodi diagnostici debbono essere falsi, poiché non ci sono malattie, ci sono solo ammalati.

I miei amici pagavano per me quasi cinquanta dollari la settimana in questa casa di cura, ed ero rimpinzato con ogni sorta di ottimo cibo. Visitatori e denari, ogni giorno visitatori e denari, i denari un po' più importanti dei visitatori.

Mi vennero a trovare Tennessee Mitchell e suo marito, e Sherwood Anderson, ma io non riuscivo a pensare ad altro che alla notte in cui mi aveva cacciato di casa. Vennero Alfred Kreymborg e la sua adorabile moglie, Carl Sandburg, Robert McAlmon, Mitchell Dawson. Mitch, questo letterato folle, questo ragazzo dal cuore generoso, era più che un visitatore. Ho sempre immaginato che in solitudine eseguisse ogni genere di danze falliche. Faceva, squallidamente, l'avvocato, povero ragazzo (lavorava, soprattutto, per italiani attaccabrighe). Venne anche Eric Hjorth, il più enigmatico, forse, dei miei amici. I suoi occhi erano freddi come l'agata, come i fiordi della sua Scandinavia; quegli occhi mi risplendono ancora nella memoria. Eric diceva che ero un grand'uomo, anche in quel periodo della mia decadenza e io gliene ero grato, perché avevo bisogno di lodi, come tutti i poeti, grandi e piccoli. Spese molto denaro per me, quando insieme con gli altri miei amici pagò il conto dell'ospedale. Ma Annie Glick e Louis Grudin erano gli esseri che più contavano per me, e io pensavo a loro con dolore. (Di Lou ho detto poche parole, del tutto inadeguate. Ne ho dette di più per Annie e questo è stato uno sbaglio, perché l'amicizia vale più dell'amore, molto di più; è una cosa per i forti). Louis era generosamente bello. La sua sensualità era prepotente, ma lui non se ne rendeva conto. Fisicamente era l'uomo più forte che avessi mai incontrato e la sua mente era forte come il suo corpo. Pareva un pugile professionista, ma un pugile gentile. Era violento nel pianto come nel riso. Pensavo che la sua poesia fosse bellissima, e ora ricordo solo questi versi, tratti da Miniature of the Woolworth Building:

There shall be peace,
Pale glory in the mist
When they will fashion their cities after you,
White waterfall of granite
From heaven.

E allora, o per amor mio o per altre ragioni, Annie tornò da New York. Però, non so come, sapevo che era trascorso il tempo della sua venuta, che era arrivata troppo tardi. Per me non era più vero che gli estremi si toccano; ora, per me, gli estremi erano una stessa cosa. Amore e odio, vita e morte erano adesso la stessa cosa. Ogni volta che mi veniva a trovare piangeva, e se dapprima asciugai le lacrime con devozione e reverenza, dopo un po' non ne potei più e quel pianto finì con l'esasperarmi. Quelle lacrime, che per le donne sono uno sfogo, divennero, alla fine, ridicole. Le mie, invece, erano terribili. Ma io non piangevo per Annie o per amore. In realtà, Annie mi sembrava un po' ridicola, ora, e composi per lei una canzoncina che, all'epoca in cui la scrissi, mi piaceva molto:

Annie would not marry Jack.
She would not marry any
body not salammelack
not even Lord Dunsany.

Una volta fuori dalla casa di cura mi sentii rinnovato, ristabilito. Non ero mai stato tanto felice. Non ero io a essere nuovo, ma l'universo intero intorno a me. La primavera era tutta un lievito, tutta un movimento, tutta una frenesia di danze e di ritmi, tutta nuova e pulita. Indossavo un bel cappotto, dono di Sherwood Anderson, che mi conferiva un'aria romantica. Anderson mi diede anche un bastone, che mi serviva per stare in piedi e per camminare, e col quale mi divertivo a far l'elegante. Tutto era fresco, nuovo, bello. Ogni cosa intorno a me pareva importante, vitale, potente, forte. Fluttuavo nell'aria dei pomeriggi ventosi. Danzavo sulla città e la campagna, contento, timorosamente contento. Non mi sentivo quasi più solo – quel tanto che bastava a temperare la mia contentezza; ero fiero di capire tutta quella gioia, quel movimento che era anche più bello della gioia, tutta quella nuova, così nuova, tranquilla freschezza della vita. Persi la testa dalla gioia, un giorno, quando una ragazzina, che avevo oltrepassato per strada, mi disse «tesoro». Fui felice per tutto il giorno. Ballai, ballai davvero, e dipinsi alcune figure nella mia stanza e ripresi a scolpire con la plastilina.

Annie veniva a trovarmi quasi ogni giorno e mi amava, perfino, un poco. Ma nella notte che seguì al lungo, splendido giorno della mia convalescenza, nella tetra giungla in cui si aggiravano selvagge le fiere delle mie facoltà, Annie diventò Diana, l'implacabile cacciatrice della mia ragione e delle mie facoltà. Sapevo che in questo mondo quando due cose si avvicinano e si toccano, il risultato è un bacio, che l'orizzonte infinitamente delicato tocca la terra baciandola, che non c'è suono o poesia se non quando due cose s'incontrano e si abbracciano. Ma quel contatto della mia malattia con la tua salute era un bacio spettrale e tu questo lo sentivi, ed era questo che ti gonfiava la faccia di pianto e ti faceva brutta. (Chi si nutre di ricordi è già parzialmente morto e un uomo mezzo morto ha meno diritto alla vita di uno morto del tutto). Io, che non potevo più camminare eretto, ero diventato un po' il tuo clown, Annie, e gli abiti che mi facevi erano quelli di un arlecchino. Annie, non so più, adesso, se eri bella o brutta. Il tuo viso mi si è cancellato dalla memoria e riesco a vederti soltanto mentre piangi e piangi; piangevi perché non mi potevi amare.

Venne a trovarmi nella mia stanza anche una specie di oggetto che si presentò come il cognato di un poeta sdentato e balbuziente di nome Maxwell Bodenheim. Aveva una faccia stupida, con il labbro inferiore estremamente sporgente quasi a compensare tutto il resto. Si installò nella mia camera senza neanche porsi la questione se io ce lo volevo o no: ci stava e basta. Si risentì anche di dover dormire per terra su una trapunta, avrebbe voluto dormire nel letto con me, ma non glielo permisi mai. Andava fuori a cercar lavoro, ne trovò uno e continuò a restare da me, come un vecchio amico, senza esserlo affatto. Mi dava un gran fastidio, ma non se ne curava e anche se avesse saputo che mi dava fastidio sarebbe rimasto ugualmente. Mi rendeva insipida la notte; era così assurdo che quasi cominciava a piacermi. Era un'anima oscura, che cercava di esprimersi in brevi, stupide poesie. Era certamente il Signore della Stupidità, ma non era del tutto balordo; se lo fosse stato sarebbe stato meglio, perché avrei avuto la forza di cacciarlo fuori.

Diventava quasi un'ossessione, con le sue osservazioni cretine e le sue maniere infantili, sempre alla ricerca di cose che non era materialmente possibile trovare, fermo, ogni tanto, a guardare con occhi meravigliati e sbalorditi la strada da cui era venuto. Aveva una di quelle facce, che si vedono meglio dopo che ci si è voltati dall'altra parte. Si rivolgeva alla gente con un modo di fare così accattivante, che era quasi impossibile non ascoltarlo. Possedeva perfino una sua tortuosa intelligenza, che poteva farlo sembrare capace di intendere cose infinitamente superiori alle sue reali possibilità di comprensione. È vero quindi che l'intelligenza umana è, allo stesso tempo, debole e malleabile, pronta ad adattarsi a qualsiasi cosa. È come un colpo di fucile che, se non uccide un elefante, può casualmente uccidere un uccello. Il suo nome era Cosa che brilla, ma lui non brillava per nulla. Era ebreo, naturalmente, come suo cognato, il poeta che in altra occasione ho chiamato fetida massa dagli occhi addormentati. Non so come la padrona di casa non si accorgesse che lui dormiva in camera mia, ma, in realtà, non se ne accorse mai.

Finalmente venne sua sorella, Minnie Bodenheim, e divenne una mia buona amica, un'amica così gentile da non sembrare la stessa che m'aveva preso a schiaffi, quando io avevo insultato in pubblico suo marito. Minnie diceva che un tempo i miei occhi sembravano quelli di Rodolfo Valentino, ma era soltanto un mezzo complimento, perché, da come lo diceva, si capiva che adesso non eran più gli stessi. La portai a vedere Grasso, l'attore siciliano, e lei fece ogni sforzo per capire quello che diceva. Fu allora, credo, proprio in quel teatro, che fui preso da un'ansia terribile – la seconda fase della mia malattia – una maledetta e orrenda paura che mi stesse per accadere qualcosa che non accadeva mai: il terrore dell'attesa, l'assalto continuo e implacabile dell'angoscia. Ero là, nella prima galleria, e mi sentivo il sangue e il corpo smaniare dal desiderio, no, non tanto dal desiderio quanto dalla necessità, di lanciarmi al di là della balconata.

Anche Grasso era nella fase della sua decadenza; un uomo stanco e apatico, che si trascinava a fatica da una parte all'altra del palcoscenico. Balbettava flebile e rauco, invece di dire imperiosamente le sue battute, e a me sembrava di trovare in lui quasi un'apoteosi di me stesso e del mio declino. Si stava avviando alla fine, quest'uomo, che era stato un attore vibrante di vitalità, e ora non era più capace di suscitare l'entusiasmo nemmeno nelle americane, abituate a cose tanto, ma tanto peggiori. Venne a trovarmi Eric Hjorth, che parlando di sua madre la chiamava «la mia mammina svedese» e qualche volta dormì con me. Ma 'dormì' non è la parola giusta; infatti lo tenevo sveglio tutta la notte perché mi accompagnasse giù per gli accidentati sentieri della mia insonnia. In quella malattia o si dorme o si veglia ininterrottamente per lunghi periodi, e io di notte me ne andavo per il lungolago gridando e delirando. Gridavo a gola spiegata le mie folli, barbare canzoni e singhiozzavo, appoggiato al tronco degli alberi, mentre grosse lacrime mi scendevano dagli occhi. Se per una donna piangere è facile, per un uomo è difficilissimo. L'uomo trae dal petto il grido dell'angoscia, l'equivalente del singhiozzo femminile. Lo strappa dalla profondità del suo essere, sembra che lo strappi dalle viscere, e fa più male che bene. Chiunque mi avesse udito piangere mi avrebbe preso per pazzo, e pazzia era veramente.

Eric, sia tu vivo o morto, io ti chiedo perdono. Non ho fatto altro che disturbarti, e darti incredibile dolore. Nelle stanze ammobiliate che cercavamo insieme tu ti preoccupavi che ci fosse l'acqua corrente, io che ci fosse aria, così non andavamo mai d'accordo. Ma il tuo ricordo è dolce ugualmente. Quando andavamo in campagna io raccoglievo fiori selvatici e una volta ti ho chiesto di portarli per me; tu rispondesti che non sapevi che fartene di tutte quelle erbacce. Ma quelle erbacce erano per me bellissime, e la cosa più bella della nostra amicizia era che non eravamo simili l'uno all'altro.

Poi le ore e i giorni dell'infelicità tornarono a me, e mi tennero ancora in loro possesso. Dove prima c'era stata amicizia, un diluvio di amici, ora mi si teneva arrogantemente a distanza. Ero stato ammalato per troppo tempo. Avrei dovuto aspettarmelo. Ovunque andassi, ora, trovavo disprezzo. Prima ero stato invitato perfino al Cooper Carlton dai Ben Bacharach. (Gente intelligente questi Bacharach, sempre pronti a lanciarsi in una discussione filosofica. Walter Bacharach eternamente seduto a fumare un buon sigaro, il migliore che si potesse trovare in America). Ma ora mi era negato l'accesso alle case che erano aperte a tutti gli altri. Mi chiamavano 'Carnevali' dove prima ero stato semplicemente 'Em'. Ero caduto, ma caduto dall'alto, e ciò rendeva ancor più dolorosa, anche se più dignitosa, la mia situazione.

Una volta mi fu proibito di sedermi a tavola con gli altri invitati dalla padrona di casa, una donna che in altri tempi mi aveva concesso i suoi favori. Nella stessa casa incontrai May Wadler, una buona violinista, che nel corso della serata, in una stanza piena di gente, disse a voce abbastanza alta da essere udita da tutti, che ero indecente con quel mio tremito continuo. Oh, infelicità, infelicità mia e loro! Infelicità per piccole cose, per grandi cose, infelicità di un'anima sola e infelicità di tutti quelli che la circondavano! Ma perché quel cambiamento? Perché? Semplicemente perché la gente era stanca di sentire il mio nome, stanca di guardarmi, stanca di sapere come fossi caduto da altezze vertiginose e ridotto ora in frantumi, in terribili, vergognosissimi frantumi.

Andavo dovunque. Ero insolentito dalle padrone di casa di Chicago perché ero troppo buono – ecco, ora ero accusato di essere troppo mite, troppo docile. E ormai di soldi neanche a parlarne. Fui costretto ad andare in giro a chiedere un quarto di dollaro a chiunque conoscessi e anche a qualche sconosciuto. Il mio maggior benefattore fu Sani Putnam e io venero il suo nome. Finalmente, un bravo medico mi disse che dovevo andar via dalla città, e ancora una volta i miei amici misero insieme del denaro e mi mandarono, per prima cosa, alle dune dell'Indiana.

Qui cominciarono gli ultimi bei giorni della mia vita! Oh, voi mio vero amore, giorni indimenticabili, incredibili mesi di primavera e d'estate! La prima notte sulle dune fu il preludio di ciò che mi serbava il futuro: trovai un rifugio mezzo distrutto dal fuoco, al riparo di quella che pareva essere stata un'imbarcazione e vi andai a dormire. Dormii completamente solo e senza paura. Quella notte e le notti seguenti furono freddissime e io morivo dal freddo, ma ero felice. Tremavo per il freddo e la malattia, ma ero felice. Avrei potuto stringere fra le braccia la bellezza delle stelle e del cielo, il bellissimo cielo nero.

La mattina, appena alzato, mi tuffavo nel lago. Qualche volta, nuotando, mi allontanavo tanto che poi mi veniva paura, paura di non saper più tornare a riva. Il timore d'annegare mi faceva gridare aiuto, sebbene sapessi che non c'era nessuno che potesse salvarmi. Pensavo alle dune come ai seni di sabbia di un'invisibile divinità e più volte mi chinai a baciarle. C'era sulle dune, di mattina, un soffuso sorriso al quale rispondevano le acque del lago. Le dune erano il mio bianco paradiso di sabbia, e dietro, nella gola, c'era il verde inferno delle zanzare.

Un giorno rubai ad alcuni pescatori una fune, poi raccolsi dei pezzi di legno portati a riva dalla corrente e mi costruii una zattera. Con una lunga corda rubata la legai alla riva. Bevevo tè di sassofrasso, salivo sugli alberi; mi feci crescere la barba, tanto da sembrare Gesù Cristo. Cantavo dentro e fuori dall'acqua, cantavo di giorno e di notte e mi muovevo in continuazione, per essere così stanco da poter dormire. Di giorno faceva un caldo tremendo e la notte un freddo insopportabile. Di notte le dune erano come un gelato sulla mia pelle e di giorno come le vampate di un altoforno. Una volta, mentre sedevo su un tronco, una vespa mi punse con ferocia. A quel cocente dolore fisico provai un particolare piacere e allo stesso tempo meraviglia e interesse.

La mia vita si svolgeva così: mi svegliavo all'alba ed entravo subito in acqua; poi tornavo a riva e mi cuocevo la solita farina d'avena e, qualche volta, delle frittelle, fatte in maniera sbrigativa, ma abbastanza gustose. Dopo mi addormentavo in pieno sole, un sole che pareva mite, ma a mezzogiorno mi svegliavo con un gran mal di testa (fate attenzione, voi che vi fidate della luce del giorno e dormite al sole!). Mi cucinavo qualcosa e passavo il resto della giornata nell'acqua, a meno che il lago non fosse agitato, il che mandava a monte tutti i miei progetti per la giornata. Una volta la settimana andavo a Chesterton, per riscuotere l'assegno che mi mandava Mitchell Dawson. Tra le dune e Chesterton c'era una specie di piccola cittadina. Mi fermavo lì a comperare da mangiare, e questo viaggio settimanale mi sfiniva.

All'alba e al tramonto le dune erano signore vestite di mussola rosa trasparente e io le amavo al punto che sentivo le mie forze venir meno. Al di là di esse c'era il verde di una lussureggiante vegetazione: ciliegie abbastanza buone, cresciute nella sabbia, uva selvatica non altrettanto buona e l'odore dei pini, così acuto che ti si diffondeva sul corpo, penetrandolo, accarezzandolo. Mi ubriacavo di bagni nel lago e nuotavo per un gran pezzo, spingendo innanzi la zattera. Poi vi salivo e me ne stavo là a cantare, cantare, cantare. Il mio repertorio, di prima qualità, cominciava dal canto del cigno dal Lohengrin e comprendeva l'Ave Maria. L'acqua del lago era il mio assenzio, ma le dune erano tremende, quasi misteriose nella loro potenza, selvagge sempre, sempre terribili, sempre troppo eccitanti per il mio povero corpo ammalato. L'unica cosa sgradevole era quella macchia di edera velenosa che cresceva lì vicino.

Nessuno si è mai alzato all'alba per tuffarsi nel lago come facevo io. Nessuno ha mai provato sulla sabbia l'estasi che provavo io. Conoscevo l'odore di ogni foglia, la fragranza d'ogni frutto. Gran Dio, era tutto un profumo che entrava a viva forza nelle narici. Quando uscivo dall'acqua, cantavo anche più forte. Urlavo di gioia e di ebbrezza. Per Dio, queste dune erano mie, perché io non ero un turista della domenica. Non le amavo soltanto perché le avrei presto lasciate, ma perché pareva che ricambiassero il mio amore. Ero divenuto veramente il pazzo delle dune. Camminavo nudo come Dio mi ha fatto sul verde delle dune e sul giallo della sabbia. Fui accusato, e questa è la parola giusta, di nutrirmi di pesciolini, di mangiarli crudi. Fui sospettato d'essere l'assassino di un uomo, il cui corpo fu trovato carbonizzato sulle dune. Ma non ero nulla di tutto questo.

Poi andai in altri posti: a Milwaukee, che alza orgogliosamente le spalle al lago Michigan. Milwaukee non aveva allora i grattacieli, ma una certa grazia l'aveva, una certa eleganza. I cambiamenti del tempo sono sempre stati per me un mistero che mi affascina e mi disorienta, e talvolta il sapore di un certo giorno mi riporta indietro ad altri giorni. Ricordo un'alba nei boschi del Minnesota: certi colori smaglianti che non potrò mai dimenticare: certi blu, certi viola, certi rossi intensi. L'aria e i colori erano elettrici e minacciavano cattivo tempo per il giorno che stava sorgendo. Nel terriccio dei boschi del Minnesota, sotto le foglie che già imputridivano, nei freschi acquitrini, ho lasciato una parte del mio spirito e della mia giovinezza. Qualche volta compariva per un attimo un cervo, e subito scompariva nel mistero di quei boschi. Piccole bestie timide che vivono tutta una vita di tenera paura. Il terriccio, quel profumato marciume, evocava minuscole pozze d'acqua sotto i piedi, mentre camminavo fra i cespugli e gli alberi che mi ostacolavano il passo. Boschi del Minnesota, non toccati ancora da uomo o da donna – non toccati ancora dalla vergogna che accompagna la donna, né dalla prepotenza che accompagna l'uomo, mi strappaste i veli dagli occhi, finché diventarono degni di guardare il bello. Trovai una sola cosa tra voi, che non era bella: un'orchidea che sembrava una faccia enfiata.

A Chicago c'è un'aria che tinge di verde le acque del lago, le irrigidisce, le rende quasi sgradevoli allo sguardo, e c'è un'altra aria che riempie il cielo di fuggenti spazi blu. Queste chiazze di colore sono così limpide, così pure, che hanno un aspetto verginale, come di una donna onesta che mostri inavvertitamente il seno. Ci sono più di cento tempi primaverili, e c'è un tempo estivo in cui sembra che nell'aria sia stata versata della cioccolata calda. C'è un tempo di foglie bagnate dopo un temporale, quando cadono piccole gocce di pioggia se tocchi un albero, e il sole ritorna improvviso dopo una breve scomparsa. C'è un tempo in cui il cielo pare un'omelette, e altri saturi dell'odore dei fiori. Alcuni sono come gas acceso in una stanza.

Per un po' vissi in una fattoria a Ravinia, nell'Illinois, con il signor Jens Jensen, un onesto vecchio che mi concesse una parte del suo grande cuore. Ma io ero così disordinato, così negligente, così dispendioso (facevo continue telefonate in città) che fu costretto a mettermi alla porta. Per me non c'erano più aiuti né cure, a causa del grave peccato che avevo commesso: quello di amare il successo. Ma, soprattutto, ero un invidioso, pazzamente geloso di tutti gli scrittori che avessero pubblicato più di un libro. (Sono ancora geloso, sì, geloso perfino di Shakespeare. Ho un bisogno frenetico di lodi. Desidero pazzamente di essere giudicato un grande poeta e il fatto che ci possano essere poeti più grandi di me mi fa male al cuore). Ero trascurato nel corpo e nell'anima, un vero fannullone, a volte. Ero come un cane che abbaia alle pietre che non può raccogliere e scagliare.

Per un po' mi ero nutrito del ricordo del mio successo, ma adesso non mi rimaneva più nulla. Dopo che Jensen mi ebbe scacciato, andai con trenta dollari a comprarmi una tenda e me ne tornai alle dune. Io, che ero stato il dio nero sul candore delle dune, ora ero soltanto un uomo ammalato. La sabbia mi sembrava banale, la vita una grigia impossibilità, neppure l'esercizio fisico valeva un centesimo. Non riuscivo più a capire lo humour di quello scherzo cosmico che era la mia esistenza. Non riuscivo più a vederne il lato buffo. Non riuscivo più a vedere lo scopo di trascinarmi dietro questa vita infame, come un idiota si tira dietro un codazzo di bambini che lo sbeffeggiano.

Guardavo il sole e la luna specchiarsi nel lago Michigan (come mai l'amore si era specchiato nel viso di Annie), il lago di cui mi inebriavo ogni mattina, quando ero solo sulle dune, il lago di Carl Sandburg... Ho disteso il mio corpo frantumato sulle rive del lago Superiore, esausto senza aver lavorato, esaurito senza avere dato...

XXVIII
BAZZANO

Chiunque venga a Bazzano, sia trionfalmente in macchina sia lentamente a piedi sia tranquillamente a cavallo, è colpito dal fatto che questa è una delle più comuni cittadine della campagna italiana. Per sopportarla a lungo, uno dovrebbe salire spesso sulla sua parte più alta, dove sorgono il campanile e il castello. Di là si può vedere un panorama splendido. Si vede Bologna, resa molto più bella dalla distanza, e Modena e, ancor più lontana, Verona, quando la giornata è chiara e l'orizzonte non è offuscato dalla bruma.

Bazzano è in parte borghese, è vero, ma questo suo difetto è temperato dalla bellezza dei pioppi, dalle sue strade in salita e dalle canzoni che i giovani cantano la notte. Di notte non c'è un luogo più quieto nell'intero universo. In America mi pareva che non ci fosse più un solo posto al mondo dove la notte non fosse turbata dal rumore dei treni e delle automobili, ma qui soltanto il vento canta fra le acacie. Quando è caldo, molto caldo, c'è una certa irrequietezza fra gli alberi, come se il vento stesse soffrendo. Questo o preannuncia temporali che verranno o racconta la storia di temporali che son già venuti. In inverno gli alberi sono spettrali, e si sforzano di ricordare la primavera e non ci riescono.

Questa cittadina merita d'esser posta sulle carte geografiche, perché è la tipica cittadina italiana, poco più di un paese, con il suo bravo idiota che puntualmente si metteva a dormire mentre il barbiere gli faceva la barba (le madri attente mettono in guardia contro di lui le loro figliole). Bazzano aveva le sue canzoni, canzoni che si udivano solo a Bazzano. Ce n'era una che parlava proprio del barbiere e che i ragazzi cantavano sempre per le strade, di notte:

Moretto, Moretto ha tra i capelli
le onde naturali,
le onde del mare.

In alcune di queste canzoni c'era una qualche nostalgica bellezza:

Il giorno che per lui non nacque mai
nessun dolore può dare al bevitore;
dal mondo egli vola lontano
e perdendo l'amore, perde anche
lo squallore del giorno che non nacque mai.

E in altre una certa malizia:

Quando lui le toccò le tettine
lei corse subito dalla mamma,
una vecchia bagascia
che le insegnò a far l'amore.
Oh, rin tin tin
oh, rin tin tin
tin là.
L'amore è come una ruota di roulette
che sempre gira, che sempre gira.

A pezzi, povero, disperato son venuto direttamente in questo paese, che mi ha offerto l'ospitalità del suo ospedale. Tornavo dall'America e il segretario comunale mi portò direttamente qui. Sono anni che vivo in questo palazzo di sangue e di pus, nel bailamme delle grida degli ammalati, inchiodato a un letto che poche volte e malvolentieri ho abbandonato. O perché non sapevano quale malattia fosse la mia malattia, o perché non sapevano come curarla, i medici mi prescrissero la scopolamina, la «droga della verità», come la chiamano in America. Si dà ai criminali per farli confessare, ma io ho scoperto che fa confessare cose di cui non si sa nulla. Produce un immediato bruciore in gola, poi un torpore completo e, finalmente, trascina l'ammalato giù, sempre più giù, negli abissi del sonno. Ma, per un po', arresta il terribile tremito delle membra.

Questo tremito continuo è lo scherzo più assurdo, più terribile. Encefalite, gloriosa malattia, dopo aver visto tre dozzine di encefalitici fui preso dal terrore. Ce n'erano alcuni che passavano vacillando, con la bocca aperta (secondo Wells, la bocca aperta è indice d'infermità mentale, mentre secondo Chesterton è indice infallibile di encefalite); altri, con occhi oftalmitici sgranati e vitrei, fissavano sempre uno stesso punto, di lato o davanti a sé, ma sempre allo stesso modo. (Questo è un sintomo al quale per fortuna sono scampato). C'era chi balbettava e chi sbavava e il più grave di tutti era un vecchio prete, chiamato, per l'appunto, Bavoni. Ma tutti tremavano, tutti erano scossi come da una gran risata.

(Ora ricordo altri preti, preti della mia giovinezza: ce n'era uno che insegnava religione in collegio. Aveva un gran naso che pareva gli tagliasse a metà le parole, come un coltello. Ce n'erano due notoriamente degenerati, che furono espulsi dalla diocesi, perché si prendevano delle libertà con i ragazzi. Questo accade un po' per la difficoltà che un prete ha di procurarsi una donna, un po' per colpa dei seminari. C'era un altro prete, il direttore del mio primo collegio. Come era saggio e buono! Con che dolcezza teneva nelle sue le nostre mani e com'era gentile il suo sorriso! Non ricordo che abbia mai punito nessuno. A ogni modo era un prete, e ciò significa che sotto la sua soavità si nascondeva qualcosa di sporco).

C'era un uomo all'ospedale, il cui unico sintomo era quello di sbadigliare continuamente. Non sembra un sintomo tanto grave, ma pensate che croce dev'essere portare di continuo la mano alla bocca, sentire che, senza tregua e per tutto il giorno, le mandibole vi si spalancano. E salivare! Lo sforzo di sollevare, incessantemente e con monotonia, il fazzoletto alle labbra! Ce n'era un altro, che continuava a saltellare, piegando la gamba destra, in maniera che sembrava sempre sul punto di spiccare un salto in aria. E c'era uno che non poteva parlare, e un altro che faceva una piroetta ogni tanti passi, e un altro che si prendeva le natiche con le mani e le sollevava con forza prima d'ogni passo. E un altro ancora che esitava mezz'ora prima di fare un passo, poi si metteva a correre. Tutti questi casi dapprima mi terrorizzarono – c'era un uomo con una faccia da scimmia che appena mi parlò mi disse subito di non credere alla teoria di Darwin; mi spaventai, eppoi avrei voluto scoppiare dal ridere, ridere e urlare, ridere così trionfalmente, così forte da nascondere con il mio riso agli occhi del mondo questa grottesca umanità.

Poi venne un altro periodo, quando gli encefalitici mi parvero gli esseri migliori di tutto il genere umano.

C'era per esempio un ragazzo, Aldo, che durante la degenza all'ospedale ebbe l'appendicite, la polmonite, la pleurite, l'encefalite, l'artrite... sette o otto malattie. Quando gli parlavo di mio padre, che era ancora vivo e abitava ancora a Bologna, Aldo piangeva di compassione per me e per l'anima di quell'uomo dal volto nero e dal cuore nero. (Da allora mio padre è morto. Non so come sia morto, epperò è morto, Dio maledica l'anima sua. Non era degno di restare in questo mondo e se una delle lettere che gli scrissi ha accelerato la sua morte, ne sono più che felice. Mi scrisse una volta che non

gli piaceva né il socialismo né il fascismo... il suo motto era «lascia che la barca segua la corrente»).
Aldo pianse quando gli lessi le lettere di mio padre. Povero ragazzo, povero martire.
Il fatto è che in un ospedale si comincia nuovamente a vivere, tutti ridiventiamo bambini e si inizia
da capo. (C'era un vecchio che piangeva come un bambino, perché non voleva farsi fare un clistere).
C'era un austriaco, poveraccio, che mi odiava a morte. Un giorno gli sputai in faccia. Era un uomo
enorme, alto e forte come un gigante, che avrebbe potuto portare con un braccio solo una tonnellata
di roba, e mi aveva colpito in quattro diverse occasioni. Un'altra volta gli agitai il pugno sulla faccia
e un sorriso giallastro attraversò i suoi lineamenti, un sorriso che esprimeva più odio di quanto ne
avessi mai visto al mondo. Un giorno, mentre era alla latrina, gli portai via la gruccia e poi gli gridai
di seguirmi. Volevo vedere se potevo operare il miracolo di farlo camminare da solo.
C'era un altro paziente, che, siccome voleva continuamente baciare l'infermiera, fu legato al letto, su
cui piagnucolava: «Non lo farò più! Prometto che non lo farò più!».
All'ospedale vissi come in un sogno fra i viventi, i tremanti. Solo durante il sonno eravamo tranquilli
e smettevamo di tremare. Questa malattia deve aver ispirato il detto: «Finché non si è morti, si sta
bene». Ci sono momenti di quiete relativa, di relativo riposo, ma la più lieve scossa, o il più piccolo
movimento possono dare di nuovo inizio all'incessante e inesorabile tremore. È la malattia più falsa
e più vera allo stesso tempo: è fatta di niente, praticamente di niente, ma il moltiplicarsi di tutti questi
niente ne fanno, alla fine, una cosa enorme. C'erano diversi idioti fra noi: uno di loro era il mio amico
più caro, un vecchio, che era stato uno scienziato. Con lui potevo confidarmi e parlare liberamente.
Gli feci capire che poteva servirsi di quel poco denaro che avevo ed egli mi rispose, piangendo, che
io avevo un cuore grande e generoso. Ma quando gli diedi il denaro, egli lo diede tutto, o quasi tutto,
agli altri pazienti.
La capo infermiera era una donna piccola, adorabile, e il velo bianco le fluttuava dietro le spalle come
ali di una farfalla. Mi sembrava una delle madonne che, al mio paese, si nascondono in ogni cantuccio
e in ogni nicchia; ogni madonna è così diversa dalle altre, per stile, che sono diventate vere e proprie
divinità che il popolo adora, facendo così del cristianesimo una religione politeista. Questa suora
infermiera prese possesso del nostro intero universo e faceva di noi quel che voleva. Ci chiamava i
suoi 'tesori', i suoi 'cari', i suoi 'amori': noi, i pazzi encefalitici ballerini della morte. Mi sono
sorpreso a mormorarle: «Oh, cara, buona, benedetta, santa sorellina mia!».
Poi venne a trovarmi Eric Hjorth! Come ricordo bene il giorno in cui venne! Ero sotto l'effetto della
droga, e continuai a parlargli in italiano; e questo lo fece arrabbiare, perché non mi capiva. Aveva
ordinato all'albergo un buon pranzo per noi due, ma io non ci potei andare, troppo drogato, troppo
perduto nel letargo e nel sonno.
Più tardi venne a Bazzano Robert McAlmon, con quello strano sorriso ironico, che sulla sua faccia
era quasi una smorfia. Vedendo la schifezza del posto in cui vivevo, pagò per me un anno di soggiorno
in una casa di cura privata. Là incominciai una nuova vita.